離婚必至の仮面夫婦ですが、官能初夜で宿した赤ちゃんごと愛されています

m a r m a l a d e b u n k o

霧内 杏

マーマレード文庫

目次

離婚必至の仮面夫婦ですが、官能初夜で宿した赤ちゃんごと愛されています

序章　最高の伴侶・・・・・・・・・・・・・・6
第一章　最悪の結婚相手・・・・・・・・・・20
第二章　夫婦ごっこ・・・・・・・・・・・・51
第二・五章　友愛と恋愛・・・・・・・・・・81
第三章　新生活と不測の事態・・・・・・・・84
第四章　ままならない身体・・・・・・・・・129
第五章　過剰な意識・・・・・・・・・・・・173
第五・五章　避けられる理由・・・・・・・・217

第六章　大事な人……………224
第七章　私の好きな人……………250
第七・五章　自分なりの償い……………286
第八章　本当に好きな人……………289
第九章　過去も未来もただひとり……………323
最終章　ベッド問題、再び……………345
あとがき……………350

離婚必至の仮面夫婦ですが、
官能初夜で宿した赤ちゃんごと愛されています

序章　最高の伴侶

無言で鏡の中の自分を見つめる。センター分けにしたミディアムヘア、銀縁スクエアの眼鏡。そして――黒のタキシード。今日は僕の結婚式だ。なのに、どことなく不安そうに見えるのはなんでだろう。まあ、これからの生活を考えれば当たり前か。

準備が終わり、花嫁を迎えに行く。部屋に入った瞬間、息を呑んだ。マーメイドドレスが彼女のボディラインを美しく見せている。背中は大胆に開いているがレースが重ねられているため、ほどよい色香を漂わせていた。さらに長いレースのトレーンがゴージャスさを演出している。今日のために拘り、自身もデザインを手掛けたドレスは、彼女をよく引き立てていた。

「なあに？　お世辞でも『綺麗だね』くらい言いなさいよ」

僕が黙って突っ立っていたからか彼女が細い眉を不機嫌そうに寄せ、せっかくの姿が台無しになる。

「ああ、申し訳ありません」

もし、あまりに君の姿が美しくて、本当に僕の妻になるなんていいんだろうか、など考えていたとあかしたら、彼女はどんな反応をするのだろう。

「まあいいわ。今日はよろしくね、だ、ん、な、さ、ま？」

わざと一音ずつ区切り、彼女が口角を美しくつり上げる。

「こちらこそ、よろしくお願いします」

僕もそれに、下がってもいない眼鏡を上げて返した。

式はつつがなく進んでいく。

「あなたは深海季里《ふかみきり》を妻とし、一生愛することを誓いますか」

「誓います」

真っ直ぐに前を見て、誓いの言葉を口にする。しかし僕は、彼女を少しも愛していない。

「あなたは龍川星司《たつかわせいじ》を夫とし、一生愛することを誓いますか」

「誓います」

司祭へと迷いなく肯定の返事をした彼女もまた、僕を愛していない。――なぜなら、僕たちふたりは、仮面夫婦だからだ。

父に命じられ、嫌々見合いをしたのが半年前。大手金融持株会社ＣＥＯ次男の僕と大物国会議員のひとり娘との見合いなんて、思惑が丸わかりで嫌になる。だいたい、僕はとある事情で生涯、結婚する気がない。そしてそこで出会った季里さんもまた、僕と同じく結婚したくない人だった。彼女を断ってもどうせ、結婚を決めるまで次々に見合いをさせられる。その状況に僕もうんざりしていたし、彼女もうんざりしていた。こうして利害が一致した僕たちは、結婚して仮面夫婦としてやっていこうと決めたのだった。

「おめでとう」

「おめでとうございます」

式が終わり、季里さんの腕を取って歩を進めるたびに周囲から祝福の言葉をかけられた。隣の彼女がにっこりと笑い、それに応える。羨望の眼差しに嫉妬の目が若干混ざっているのは、今日の彼女がそれだけ美しいからだろう。透明感のある肌はまるで白磁のようだ。意志が強そうな、凛とした瞳。つんと高い鼻は綺麗に通っている。赤い唇はほどよく厚く、キスを誘っているみたいだ。これだけ整った顔だと冷たく感じさせそうだが、下がった目もとが彼女をチャーミングに見せていた。

聖堂を出て皆に囲まれる。ブーケトスの準備ができるまでの束の間、季里さんから肘でつつかれた。

「……少しくらい笑いなさいよ」

笑顔を保ったまま、僕にだけ聞こえる小さな声で言ってくる。

「不本意なのはお互い様でしょ」

確かにそれはそうなのだが、彼女の、今の言葉のほうが不本意だ。僕としては精一杯、幸せな花婿を演じているつもりなのに。しかし、彼女にそう言われるということは、周囲からはそのように見えているのだろう。

……これ以上、どうしろというんだ？

途方に暮れつつ、少しでも笑顔になるように努力する。しかし、彼女が僕に聞こえるようにため息をついたところからして、まったくダメらしい。ため息をつきたいのは僕のほうだが、仕方がない。表情が乏しいのは僕の悩みであり、コンプレックスでもあった。

披露宴も二次会も無事に終わり、取ってあるホテルの部屋に入る。苦行を強いられたあとだからご褒美はあっていいという季里さんの希望で、最上級スイートルームだ。

「あー、疲れたー！」

季里さんはミニバーに直行し、グラスとワインを掴んできた。ソファーに座り、早速開けている。

「ルームサービス頼むけど、あなたはどうする？」

声はかけてくれたものの、彼女の視線はメニューに向いていた。

「僕は……そうですね」

向かいあうように、彼女の斜めにあるひとり掛けのソファーに座る。今までは気づかなかったが、言われるとお腹が空いていた。披露宴でも二次会でもまともに食べられなかったので、そうなるだろう。選び終わった季里さんからメニューを受け取り、僕もなにか食べようと考えた。

ルームサービスが運ばれてくるのを待たず、季里さんはワインを飲み出した。緊張から解放され、羽目を外したい気持ちはよくわかる。なにしろ今日は一日中、常に人の目があって気を抜けなかった。

「あなたも飲む？」

「ありがとうございます」

瓶を差し出され、グラスで受ける。

「今日はお疲れ様でした、と」

「お疲れ様でした」

小さくグラスを上げ、中身を一気に飲み干す。ついでに、ネクタイも緩めた。

「それにしても。星司さん、全然笑わないし、いつバレるかとヒヤヒヤしたわ」

ふぅーっと、彼女がため息のように息を吐く。

「それは……すみません」

僕としては彼女から注意を受けたあと、できるだけ笑顔を作るように努力はしたのだ。しかしそれは、徒労に終わったらしい。

「まあ、慣れない式で緊張しているだけって思ってくれてたみたいだからいいけど。あと、私が美人すぎるから」

おかしそうにくすくすと彼女が笑い、もう酔ったかのようにほのかに頬が熱くなった。確かに、それは少しあったと認める。今日の季里さんは誰もが見惚れるほど、美しかった。

ルームサービスが届き、それを食べながらさらに飲む。

「私はー、本当は好きな人がいるのー」

二杯目を飲みながら話す、季里さんの顔は赤い。もしかして、あまり酒に強くないんだろうか。

「その人はー、全然私に、振り向いてくれないし？　それどころか、私の気持ちになんて全然気づいてくれないし？　今日なんて、『ご結婚、おめでとうございます』とか嬉しそうに祝ってくれちゃって。あー、もー、最悪ー」

グラスに残っていたワインを一気に飲み干したかと思ったら、季里さんがばったりとソファーに倒れ込む。そのまま寝落ちたのかと思ったものの、すぐに重たそうに起き上がってきた。

「私が結婚したくない本当の理由を話したんだから、あなたも話しなさいよ」

「あっ……」

季里さんの手が瓶を掴んでいく。

「そろそろ、やめたほうが……」

「なぁに？　あなたもお父さまと同じで、私に指図するの？」

鼻が触れそうな距離にまでぐいっと季里さんが顔を近づけてくる。その目は完全に据わっていた。

「いえ……」

彼女の顔を両手で押さえつつ、そろーっと視線を逸らす。酔っていても美人だなんて卑怯だ。

「……ごめん、ちょっと言いすぎた」

僕から顔を離し、はぁっと後悔するかのように季里さんがため息を吐き出す。

「それでいつも、辰巳《たつみ》から叱られるのに」

再びはぁっとため息をつき、彼女がグラスにワインを注ぐ。辰巳とは誰だろうと疑問はあったが、それよりも次からはなるべく季里さんには飲ませないようにしようと心の中で誓った。微妙な沈黙があたりを支配する。ぐるぐるワイングラスを回していたかと思ったらぐいっと一気に半分まで飲み、勢いよく季里さんの顔が上がった。

「ねえ。私の結婚したくない理由だけ聞いて、あなたは話さない気？」

じろっ！　と眼光鋭く季里さんに睨まれ、つい肩が跳ねる。しかし、言われてみれば彼女の理由だけ聞いて、僕の理由を話さないのはフェアじゃないだろう。

「……僕には昔、結婚を考えた人がいました」

――三年前。僕が二十六のときの話だ。僕は彼女を愛していたし、真剣に結婚も考えていた。

「じゃあ、その人と結婚すればよかったじゃない」

不満そうに季里さんが当たり前のことを口にする。僕も、そうできたらよかったと思う。

「フラれたんですよ、プロポーズしたら」

あの日の光景は、今でも今日のように思い出せる。

『あなたがなにを考えているかわからないし、あなたも私に興味がないんでしょう？』

目の前に置かれた婚約指環を僕のほうに押し返した彼女が、なにを言っているのか理解できなかった。僕が彼女に興味がない？　こんなにも深く愛しているのに？　彼女はいったいなにを、勘違いしているんだ？

しかし彼女曰く、僕はいつも無表情だし、気持ちもあまり話してくれない。きっと自分に対して、嬉しいとか悲しいとかいう感情はないのだろう。そんなあなたとはもう、付き合えない。そういうことを話し、彼女は去っていった。

彼女がそんな誤解をしていたなんて、僕は知らなかった。気持ちは通じているはずだ、ずっとそう思い込んでいた。けれどそれは僕の勘違いだったのだ。表情が乏しく口下手なせいで彼女をこんなにも酷く傷つけていたなんて、そのときの僕は少しも知らなかった。

「また好きになった人を傷つけるのは怖い。だから僕は、二度と恋などしないと決めたんです」

「ばっかじゃないの、その女！」

過去に目を向けていたら突然、季里さんの大きな声が響いてきて現実に戻った。

「自分は星司さんを知る努力をしたの？　しないで傷つきましたって何様よ。私だったら星司さんを知る努力をするし、それでもわかんなかったら聞くわ」

ひっくとひとつしゃくり上げ、季里さんがグラスを口に運ぶ。彼女の言葉であの日からずっと抱えている傷が、癒えた気がした。こんなふうに言ってくれる人がいるなんて、想像もしなかった。彼女ならこんな僕を理解してくれるだろうか。僕の考えていることがわからないと悩んだりしないだろうか。彼女なら僕から——離れていったりしないだろうか。それまでなんの関心もなかった彼女が、急に気にかかり出す。

「星司さんの結婚したくない理由が、そんなつまんないものだなんて思わなかったわ。私なんて、好きな人からこれっぽっちも相手にされないからなのに」

はぁーっと酒くさい息を吐き、季里さんはグラスに残っていたワインを飲み干した。

「……忘れられたら、楽になれるのかな」

ぽつりと呟いた彼女の目尻には涙が光っている。それを見てまるで僕が叶わぬ恋でもしているかのように胸が苦しくなった。

「……忘れさせて、あげましょうか」

季里さんがそれ望んでいるのなら、叶えてあげたい。隣に座り、じっと彼女を見つめる。

「……そんなの、できるわけない」

気まずそうに彼女が目を逸らす。しかしその顔に手をかけ、無理矢理こちらを向かせた。

「できますよ。どうすればいいか、わかるでしょう?」

無理矢理、彼女と唇を重ねる。季里さんは驚いていたが、抵抗はしなかった。

「キスするときは目を閉じるんですよ。まさか、知らないとは言いませんよね?」

「し、知ってるわ! それくらい!」

軽く挑発してやったら、怒りながらいとも簡単に目を閉じた。それがなにを意味するのか理解していないのか、そういう素直なところは非常に可愛らしい。

再び、彼女と唇を重ねる。何度か啄むと、ねだるように甘い吐息を落とした。すかさず、その隙間から侵入する。自分でも酔っているな、とは思う。普段ならこんな求めに、応じたりしない。……いや。酔っているからというよりも、季里さんの願いだからかもしれない。僕の心の傷を癒やしてくれた、季里さんだから。

「……」

唇が離れ、ふたり無言で見つめあう。

「本当に忘れさせてくれる?」

みるみる黒目がちな大きな目が潤んでいき、堪えきれなくなってとうとうぽろりと涙が落ちた。こんなにも彼女に想われている男が羨ましい。僕もここまで、想われてみたい。

「はい。僕が、忘れさせてあげます」

季里さんに触れるとぴくりと反応したが、かまわずに抱き締める。

「うん。忘れさせて」

僕の腕の中で泣く季里さんが、堪らなく愛おしかった。

ベッドに連れていき、押し倒す。眼鏡を外して置いた僕を、季里さんは少しだけ怯えたように見ていた。

「別に怖いことなんてなにもしません」

「ん」

安心させるようにその額に口付けを落とす。頬に、耳に、唇にも口付けを落とすうちに、彼女の身体から力が抜けていった。ジャケットを脱ぎ捨て、口付けを繰り返しながら季里さんの服を脱がしていく。彼女は無抵抗に、横たわっていた。そのまま丁寧に、指で、舌で、何度も彼女を絶頂へと導く。

散々達し、ぐったりとしている彼女を見ながら、そろそろ頃合いかと思う。僕も服をすべて脱ぎ捨て、季里さんの身体に再び触れた。

「あの、ね」

閉じていた彼女の瞼が開き、僕を捕らえる。ここまできてやめたいとか言うのだろかと思ったものの。

「……ハジメテ、なの。優しく、して」

恥じらうように小さく呟き、伏せ目がちに彼女が目を逸らす。それに心臓を撃ち抜かれた。こうやって無駄に煽るのはやめてほしい。

「わかりました。できるだけ優しくします」

「おねが、い」

なにも纏わず、ゆっくりと季里さんの中へと侵入していく。つらそうに顔を歪める彼女の気持ちが少しでも逸れればと、口付けを繰り返した。二十五にもなって処女だなんて驚いたが、深窓の令嬢ともいえる彼女の立場なら普通なのかもしれない。いや、想いを寄せる男に操を立てていたが正解か。そんな彼女の純潔を、仮面夫婦の夫である僕が奪っている。それはどこか、僕に勝利の喜びを与えていた。

僕の下で彼女の声が嗄れるまで啼かせる。これまでずっとこれは、愛を確認するための義務のようなものだと思っていた。けれど今は、季里さんの心に、身体に、消えないように僕を刻み込みたいと願っているのはなんでだろう。

すべてが終わり、泥のように眠る季里さんの髪を撫でた。

「これで忘れられるわけなんて、ないんですけどね」

彼女から返事はなく、気持ちよさそうに寝息を立てている。これで本当に忘れられたら世話はない。こんなの、ただの一時的なものだ。けれどそんな詭弁を使ってでも、彼女を抱きたいと思った。この気持ちはなんなのか。酔っていた勢いなのか、——それとも。

「……ん」

小さく声を立て、彼女が身じろぎする。……この可愛い笑顔を独占したい。そんなことを考えている自分に驚いた。さっきもそうだ。子供など欲しくないと思っていたはずなのに、季里さんとの子供ならできてもかまわないと思った。

「こんなに僕を掻き乱して、あなたはいったいなんなんですか?」

問うたところで彼女が答えてくれるわけもない。続く見合いに辟易し、利害が一致して適当に選んだ結婚相手のはずだった。それに彼女から別れを告げられたあの日から、凍りついてしまった僕の心は二度と溶けないだろうと思っていた。けれど自分の心が、緩み始めているのを感じるのだ。

「まあ、そう簡単に僕が変わるとも思えないですけど」

僕も布団に潜り、目を閉じる。隣に感じるぬくもりが、酷く心地よかった。

第一章　最悪の結婚相手

その日、私は見合い会場であるホテルへと向かう車の中で、父親と母親に挟まれて不機嫌に携帯の画面を見ていた。

【孝親《たかちか》さんからの命令なら仕方ないでしょ】

【それはそうなんだけど！　でも、嫌なものは嫌なの！】

苛々と携帯の画面に指を走らせる。この画面の向こうにいる珪子《けいこ》は、他人事だから気楽でいいと思う。いや、社長の結婚なんだから、秘書である彼女にだって関係あるはずでは？　ちなみに孝親とは父のことで、珪子はなぜか父を名前で呼んでいた。

【嫌ならはっきり嫌と言えばよかったでしょ？　言わなかったあんたが悪い】

「うっ」

珪子の言葉が胸に突き刺さる。彼女とは大学で同じゼミだった。ふたりで組んで課題に取り組むうちに意気投合し、それからの付き合いになる。私の家にも頻繁に出入りし、父の事務所でバイトもしていたので、父を名前で呼んでいるのかもしれない。

大学卒業後、化粧品会社を立ち上げるという私と一緒に奔走してくれ、親友というよりもはや戦友だ。そんな彼女だからこそ、私に忌憚ない意見をくれる。でもそれは正論すぎて、たまに私の耳には痛かった。

【だって、あのお父さまが聞いてくれるとは思えないし……】

私の父はもう、長く国会議員をしている。すでに引退しているとはいえ、祖父も国会議員でそのまた……と、世襲議員というヤツだ。人を使うのが仕事という立場だからか、父は私たち家族にもなにかと命令してくる。反発しても取りあってはくれない。私は父の、そういうところが昔から苦手だった。

【じゃあ、諦めるしかないでしょ】

それでも珪子の言うとおり、はっきり拒否しなかった私が悪い。そしてここまできてまだ愚痴を聞かせている彼女に対し、悪い気になってきた。

【それしかないよね】

【それに今日は見合いなんでしょ？　結婚が決まったわけじゃないんだから、断ればいいだけじゃない】

その言葉を見て、目からうろこが落ちた気分だった。見合いをしたらその相手と即結婚、なんて憂鬱な気分になっていたが、これは決定ではないのだ。……父の中ではそうかもしれないが。相手だって私が気に入らないかもしれないし、そうなれば破談になる。一縷の光明が見えた気がして、気持ちが一気に楽になった。

【そうだよね、破談になるように頑張る！】

【まあ、頑張ってー】

おざなりな珪子の励ましを最後に、メッセージアプリの画面を閉じる。そうだ、まだ結婚が決まったわけではない。できるだけ嫌な女を演じて、破談になるように努力しよう。

今日の見合いの相手は日本三大メガバンクのひとつ、『松菱《まつびし》フィナンシャルグループ』のCEOの次男で、自身も二十九歳という若さながら系列のメインバンクである『松菱銀行』経営企画部の課長だという話だ。いや、若いという点でいけば、私だって二十五歳で化粧品会社の社長をしているので、そこは引けを取らない。顔は……。

見合い会場であるレストランの個室で、私の前に座る男、龍川星司さんの顔をちらり。……眼鏡をかけている。以上。だって、もう二度と会わない相手の顔なんて、興味がないんだもの。

見合いは父親同士の会話でほとんど進んでいく。

「この頃、景気のほうはいかがですか」

「いやー、メガバンクといってもなかなか。経営で頭が痛いのに、いつまでも愚息が結婚しなくてさらに頭が痛いです。これで決まればいいんですが」

交わされる会話を、微妙な笑顔を貼り付けて聞いていた。私たちの見合いなのに、話が振られることはほぼない。私の父は政治基盤をより強固にするために松菱グループとの繋がりが欲しいし、向こうの父親だってよりグループが発展するために大物政治家を利用したい。そんな思惑が絡んだ見合いなので、私たちの意思は二の次となる。

「では、娘をよろしくお願いいたします」

「こちらこそ至らない息子ですが、よろしくお願いいたします」

破談にすればいいと思っていたのに、父親たちの話だけで結婚がまとまって青くなった。まさか、このまま本当にこの人と結婚しなければいけないんだろうか。

「お父さん。僕は季里さん自身から同意がいただけない限り、結婚はしません」

それまで無表情に座っているだけだった星司さんが父親に意見し、思わずその顔を見ていた。

「す、すみません、息子が」

出ていない額の汗を拭きながら、向こうの父親が慌てて謝ってくる。

「いえ、息子さんの言うとおりです。結婚は本人たちの問題ですから、意思は尊重しないと」

などとにこやかに返しながらも、父の笑顔は引き攣っていた。意見されてかなり怒っているだろうが、それは出さずに認めてくるあたり、さすが政治家といえるだろう。

「ふたりきりで話をしてきてもいいでしょうか」

「いいだろう」

さらに星司さんから提案され、ぴくぴくと父の頬が痙攣した。ここまで父に意見できる人間も珍しい。よっぽどの大物なのか、ただの怖いもの知らずなのか。今日初めて、ほんの少しだけ彼に興味が出た。

促され、一緒にホテルの庭へ出る。父親たちはもちろん、ついてこなかった。

「父はああ言ってますが、私に結婚の意思はありません」

星司さんは黙って私を見ている。立って並ぶと背が高い。女性の中では背の高いほうの私よりも、頭ひとつ分高かった。

「言っておきますが、あなたが嫌いというわけではないんです。私が会社を経営しているのはご存じでしょう？」

うん、と彼が頷いたので、さらに話を続ける。

「今、仕事が乗りに乗ってるの。経営も安定して、これからさらに会社を大きくしていきたい。そんなときなんで、結婚なんてしている暇はないんです。ごめんなさい」

精一杯、謝罪の気持ちで彼に頭を下げた。この理由は三割本当で真の理由は別にあるが、そこまで彼に話す必要はない。そのまま、彼の返事を待った。

「僕も結婚の意思はありません」

その言葉を聞いて、頭を上げる。

「僕は女性に興味がないので、生涯誰とも結婚するつもりはありません」

これでこの見合いは断れる、心の中でガッツポーズしたものの。

「ですが。……僕たち、結婚しませんか」

「は？」

唐突な申し出に、不躾ながらその顔をまじまじと見ていた。しかし彼は真顔で、冗談なのか本気なのかわからない。いや、今自分で、〝生涯誰とも結婚するつもりはない〟と言いましたよね？　なのに、結婚しようとは意味を図りかねる。

「僕はこの見合いが初めてではありません。もう五回、しました」

「五回……」

そこまで聞いて、はたと気づいた。私も今日の見合いを断れば、彼のように何度も見合いをさせられるのだろう。それはそれで非常に面倒くさい。

「この先何度しようと、僕には結婚する気がありません。それでも父は僕が結婚を決めるまで、何度でも見合いをさせるでしょう。それはあなたも同じだと思います」

「そう、ですね」

見合いを断りさえすれば、解決だと思っていた。けれどこれは、スタートでしかなかったのだ。これから先を思うと、うんざりする。

「そこで、です」

一旦言葉を切った星司さんが、真っ直ぐに私を見る。

「僕たち、結婚しませんか」

「は？」

さっきと同じ提案に戻ってきたが、やはり私には彼がなにを言いたいのかわからない。先ほどと同じ一音を発し、また彼の顔をまじまじと見た。

「結婚したくない僕と、結婚したくない季里さんとで結婚して、父たちを欺くのです。表面上は夫婦を演じますが、実際は互いに干渉せずにやりたいことをやる。どう、ですか？」

星司さんが右の弦端を摘まんで眼鏡を上げる。日の光が反射してレンズが光り、それが得意げに見えた。

「それ、は……」

星司さんの言うとおりにすれば、これから始まるであろう父からの見合い攻撃はかわせる。とても魅力的な提案に思えるけれど、問題はないのだろうか。

「本当に私の生活に干渉しませんか」

「はい。その代わり、僕もやりたいようにやらせていただきます」

至極真面目に星司さんが頷く。

「同居は仕方ないとして、寝室はもちろん別ですよね?」

「はい。普段は別で、来客があるときは偽装しましょう」

それならば、今までの生活よりも多少の不便程度でよさそうだ。いや、父親の許しが得られずいまだに実家暮らしをしているのから考えると、かなり自由になる。

「その。……子作り、は?」

星司さんのほうはお兄さんがいるようだからわからないが、少なくとも父は跡取りを望んでいるはず。それでなくてもひとり娘の私が、父の後を継ぐのを拒否したのだ。といっても孫に甘い祖父の口添えがあったから自由にさせてもらえているだけで、父が本当に諦めたのかは疑わしい。かといって、好きでもない相手と身体を重ねる気もなかった。

「そうですね……。僕は子供が欲しいなどと思っていませんし、折を見てそういう身体だったということにしましょう。ああ、僕のほうに問題があったということで大丈夫ですので」

「本当にそれでいいんですか」

「はい」

至極真面目に星司さんが頷く。ここまで私にはメリットしかなく、反対になにか大きな罠でも仕掛けてあるんじゃないかと疑わしくなってくる。

「星司さんは私に、なにか希望とかないんですか」

「希望、ですか？」

そのまま少し考えたあと、再び彼は口を開いた。

「ない、ですね。夫婦を演じなければならないとき以外、僕に干渉しなければそれでいいです」

これが本当ならば、私にとってかなりの好条件なのでは？　しかしまだ、問題はあるのだ。

「……もし。好きな人ができたときはどうするんですか」

それが私の中で、最大の懸案事項だった。正直に言えばこんな仮初めの結婚よりも、本当に好きな人と結婚したい。もし、その人と結ばれる機会が訪れたとき、この結婚はどうなるのか気になった。

「もちろん、離婚していただいてかまいません」

その言葉で、ほっと胸を撫で下ろす。相手は日本有数の金融機関の御曹司で、父も彼との結婚を望んでいる。しかもここまでの話だと、私に不利な条件はない。父から離れて自由になるためと考えれば、これ以上の好条件はないだろう。

「……わかりました、星司さんと結婚します」

少しのあいだ考え、結論を出して彼の顔を見上げる。

「提案した僕が言うのもなんですが、後悔はしませんか」

後悔？　そんなの、あるに決まっている。父を欺くためとはいえ、好きでもない人と結婚したいわけがない。しかしこの結婚はそれを引いてもメリットのほうが大きいのだ。それに私が結婚するとなれば、……あの人が慌ててくれるかもしれない。

「はい、大丈夫です」

にっこりと笑顔を作って彼に答える。後悔したっていい。嫌になれば好きな人ができたとでも嘘をついて離婚すればいいだけだ。

「ありがとうございます。では、父たちに報告を」

星司さんが頷く。私はいいが本当に彼はよかったのか気になったが、深く考えないようにした。

星司さんと一緒に戻り、父たちに結婚すると宣言した。父はもちろん賛成で、私もこれで条件付きながら自由が得られて一安心だ。

家に帰ると父の秘書である辰巳が出迎えてくれた。

「おかえりなさいませ」

「うん、戻った」

家の中へ入っていく父の後ろを、辰巳と共についていく。並んで歩きながら、彼をちらり。オールバックがよく似合う彼とはもう、長い付き合いだ。初めて出会ったとき、私は小学校に上がったばかりで、彼はまだ大学生だった。

『はじめまして、季里お嬢様』

しゃがんで私と目をあわせ、にっこりと笑ってくれたのを今でも覚えている。

それから彼は私の世話係で、忙しい両親に代わり私の面倒を見てくれた。高圧的な父とは違い、声を荒らげるでもなく優しく諭してくれる彼に私が惹かれていったのは、自然だったといっていい。

「お見合いのほうはいかがでしたか」

「決まったぞ！　相手がイケメンだったのが決め手だったな」

豪快に声を上げながら父はおかしそうに笑っているが、別に私は星司さんの顔で結婚を決めてはいない。もっといえば眼鏡をかけていたな、というくらいしか印象に残っていなかった。それくらい、彼の顔を見ていなかったのだ。

「そうですか。お嬢様、おめでとうございます」

金縁眼鏡の向こうで目を細め、柔らかく辰巳が笑う。その顔を見て頬が熱を持っていった。

「あ、ありがとう」

赤くなっているであろう顔に気づかれたくなくて、視線を逸らす。

「こうやってお嬢様と過ごすのも、あと少しですね」

辰巳の声は淋しげで、ついその顔を見ていた。……もしかして、嫌がってくれている？　そう、期待したものの。

「これで私も、ようやく肩の荷が下ります」

私の顔を見て辰巳が嬉しそうににっこりと笑い、がっかりした。

「あーあ……」

自分の部屋に戻り、行儀悪くベッドに倒れ込む。昔からずっと、辰巳は私の憧れの人だ。何度かそれとなく自分の気持ちをほのめかしたけれど。

『お嬢様に好意を持っていただけるなんて、光栄です』

と、いつも辰巳は笑うばかりで、それ以上はなにも言ってくれない。今日だって、見合いをしないでくれとか、結婚しないでくれと言ってくれるなんて思ってはいない。でも、少しくらい相手の男にヤキモチを妬いてくれるんじゃないか、そんな期待はもろくも崩れ去った。

「……辰巳。私、結婚するんだよ？　本当にいいの？」

幼い頃、彼に買ってもらった猫のぬいぐるみに話しかける。猫は辰巳のように笑っているだけで、答えてはくれなかった。

翌日、出社すると同時に珪子から昨日の報告を求められた。長い黒髪を夜会巻きにし、スーツがよく似合う彼女はいかにも〝できる秘書〟といった感じだ。実際、非常に有能な秘書なんだけれど。

「で、見合いはどうだったのよ？」

「……決まった」

他人事だからか、彼女はニヤニヤと人の悪い顔で、面白そうに笑っている。

「……は？」

さすがの彼女も予想外の答えだったらしく、一音発して笑顔のまま固まった。

「ちょっと待って。私の聞き間違いかもしれないから。もう一度、言ってくれる？」

綺麗にネイルされた長い指を額に当てて何度か頭を振り、珪子が再度聞いてくる。

「だから。結婚するの。昨日、お見合いした龍川星司さんと」

「んー」

それでも信じられないのか、額に指を当てたまま珪子はまだ考え込んでいた。

「ほんとに？」

「ほんとに」

くどいくらいの問いに、真面目な顔で頷く。

「マジで？　辰巳さんはどうしたのよ、辰巳さんは！　とうとう、吹っ切ったの⁉」

酷い驚かれようだが、普段、散々辰巳の話を聞かされていたらそうなるか。

「吹っ切ってない。まだ辰巳が好き」

不機嫌に彼女が淹れてくれたコーヒーを口に運ぶ。

「でも、他の男と結婚するんでしょ？」

デスクに片手をつき、珪子は真っ直ぐに私を見下ろした。

「愛のない仮面夫婦だからいいの。好きな人ができたら離婚していいって言ったし」

カップだけ見つめてコーヒーを飲む。だから、もしも、万が一にも辰巳と想いを通じあわせられたときは。星司さんと離婚して、彼と結婚すればいい。それができそうだと思ったから、星司さんとの結婚を承知した。

「ふぅん。ねえ、昨日の見合い相手の写真ないの?」

「写真……」

興味津々に珪子が聞いてくる。少し考えて、デスクの上に置いてある携帯を手に取った。確か、いまどきは見合い写真よりこっちがいいだろうと父が送ってきた写真があったはず……。

「あった」

「どれどれ?」

速攻で珪子が携帯を奪っていく。

「なにこれ、かなりのイケメンじゃない。証明写真かってくらい、表情が硬いのは気になるけど」

「そう?」

返してもらった携帯の画面を改めて見る。そこにはミディアムヘアをセンター分けにし、銀縁スクエアの眼鏡をかけたスーツ姿の男が仏頂面で収まっていた。

「ほんとだ、証明写真みたい」

おかしくてつい、笑ってしまう。そういえば昨日も、ほとんど真顔だったような。

「不毛に白馬の王子様を追っかけてるよりも、どんなきっかけでも他の男に目を向けるのはいいことだと思うわ」

「……辰巳は白馬の王子様じゃないし」

少しいじけて、上目遣いで珪子を睨む。

「案外、辰巳さんを吹っ切れる恋に発展するかもよ？」

ニヤリと意地悪く、珪子が口角をつり上げる。そんなの、ありえない。このときはそう、思っていた。

「まあ、仕事に支障さえなければ、私はどっちだっていいけどねー」

「……ひど」

抗議しながらも苦笑いする。私にとっても彼女にとってもこの会社、『joliesse《ジョリエス》』はかけがえのないものなのだ。そのためなら恋くらい、犠牲にする。

joliesseは大学生時代から準備をし、卒業と同時に立ち上げた会社だ。もっと女性が身も心も可愛らしく、美しくなれる化粧品を作りたい。そんな思いで始めた。無我夢中で突っ走ってきたが、三年目に入り経営も安定。徐々に知名度も上がってきて、コスメ・美容の口コミサイト、コスメビューでもいい評価をもらっている。まだ取扱店舗が少なくニッチな存在だが、これからは誰もが知るブランドに育てていこうと話していた。

結婚式の準備は着々と進んでいく。今日は、ドレスの下見に来ていた。

「星司さん、どう?」

ドレスを着て彼の前に出る。

「いいんじゃないですか」

見ていた携帯の画面から顔を上げ、一瞥だけして彼はまた視線を戻した。私たちは利害が一致しただけの、仮面夫婦になる予定だ。だから、私に興味がないのはわかる。わかるけれど、結婚したら一緒に暮らすわけだし、もうちょっとなんかないかな?

それから三着ほど試着したけれど、星司さんの反応はどれも一緒だった。

「なんかさー、どれもいまいちピンとこないのよねー。ここはいいけど、ここは嫌、って感じで」

試着が終わり、お茶を飲みながらブツブツと話す。星司さんは相変わらず携帯とお友達だ。そんな彼を敬う気持ちなんてないし、年上相手だけれど早々に敬語をやめた。

「なら、オーダーしたらいいんじゃないですか」

「へっ？」

意外な言葉が出てきて彼の顔を見る。けれどやはり、星司さんの視線は携帯に向いたままだった。

「そうね、オーダー。オーダー、ね……」

これはオーダーしていいということなんだろうか。星司さんの顔をうかがうが、彼はちっとも私のほうを見ない。それに、心の中でため息をついた。

「じゃあ、オーダーする」

「はい」

勧めてきたのは向こうだし、あとでダメだとか言っても知らない。

ドレス選びのあとは、食事へ行った。別に行きたくはないが、たまにはデートらしきことをしないと疑われる。

個室でフレンチなんて、シチュエーションだけは憧れのデートコースといった感じだけれど。

「新居はどうする？　探すのが面倒なら、私が探しておくけど」

「……季里さんのいいようにしてください」

ぼそりと落とし、星司さんは黙々とフォークを口に運んでいる。今度はこれ見よがしにため息をついた。

「なにか希望とかない？　あとで文句言われても困るし」

「僕は別にありません。文句も言いませんから、季里さんの好きにしてもらってけっこうです」

やはり彼は、私と視線すらあわせない。いくら仮初めの結婚でも仮にも夫婦になるんだし、これから共同生活も始まるのに、この関心のなさはなに？　私、早まっちゃったのかな……？　ううん、いまさらやっぱり結婚やめます、とか言ったらお父さま大激怒だし。それに、ここまで無関心ってことは、私がなにしようと気にしないはず。なら、好きにできるんだし、いいじゃない！

それからも星司さんはずっと真顔で、結局結婚式当日まで一度も笑顔など見なかった。もしかして笑わない人なんだろうか。そんな不安がよぎり、それでなくても乗り気じゃない結婚がますます憂鬱になっていく。それでも、星司さんは私の決定に反対しないし、好きにやらせてくれるので、これはこれでいいのではといい方向へ考えるようにした。

――そして、結婚式当日。

「季里お嬢様。ご結婚、おめでとうございます」

ドレス姿は父でも、花婿である星司さんでもなく、一番に辰巳に見せた。私を祝う辰巳の目には、感動からか涙が光っている。それを見て、どんよりと心が重くなった。

「……ありがとう」

不機嫌な顔は見られたくなくて、顔を伏せた。

「本当にお美しい。先生もさぞ、お喜びでしょう」

彼が私を祝えば祝うほど、心は重く沈んでいく。少しくらい嫌がってほしいなんて、私の勝手な希望だってわかっていた。それでも、ここまで手放しに喜ばれるのはやはり嫌だ。

「お嬢様が幸せになれるように、陰ながらお祈りしております」

結局、最後まで辰巳は私の結婚を喜んで部屋を出ていった。

「はぁーっ……」

あたりを真っ黒に染めそうなほど、憂鬱なため息をつく。

「やっぱりダメ、か」

少しでもひとまわり以上年上の辰巳と釣り合いたくて、マーメイドドレスを選んだ。

大人の色気を出して彼を惑わそうと、バックスタイルは大胆に肌を露出した。……でもやはり恥ずかしくなって、レースを重ねたが。そこまでやってもなお、辰巳は私に少しもなびいてくれなかった。せっかく張り切ってデザインにまで手を出したドレスだけれど、もうどうでもよくなった。

辰巳と入れ違いで父たちがやってくる。

「おおっ、見違えたな！」

「綺麗ねー」

両親と親類の言葉を、笑顔を貼り付けて聞き流す。どうせ父にとって大事なのは私の幸せよりも、自分の政治家生命だ。

最後に、星司さんが私を迎えに来る。彼は部屋に入り、私を見ても無言で立っているだけだった。それに若干、苛ついた。

「なあに？　お世辞でも『綺麗だね』くらい言いなさいよ」

おかげでつい、尖った声が出てしまう。

「ああ、申し訳ありません」

慌てて謝ってきたけれど、あれはきっと口先だけなんだろう。

「まあいいわ。今日はよろしくね、だ、ん、な、さ、ま？」

わざと一音ずつ区切り、挑発的に彼を見上げる。

「こちらこそ、よろしくお願いします」

しかし彼は、無表情に眼鏡を上げただけだった。

式は、つつがなく進んでいく。星司さんを生涯愛するかと聞かれたが、心とは裏腹に神妙に頷いて肯定の返事をした。嘘つきは神様に罰せられるだろうか。いや、好きな人から他の男との結婚を祝福されたのだ、もう十分罰は受けているはず。

指環の交換で星司さんから左手薬指に結婚の印を嵌められた。形式として、みんなを欺くためには必要だってわかっている。でも、嫌で嫌でしょうがない。

「デハ、チカイノキスヲ」

司祭の言葉がなぜか、片言に聞こえた。私がぼーっとしているからか、星司さんが強引に自分のほうへと向かせる。彼の手がベールを上げ、ゆっくりと顔が近づいてくるのを見てようやく悟った。結婚式にキスはつきもの。なんで、忘れていたのだろう。私は……キスすらまだ、したことがないのだ！

パニックになったところで、拒否できるはずもない。覚悟を決めて目を閉じた。すぐに柔らかいものが触れ、少しして離れる。おそるおそる目を開けたけれど、私のファーストキスを奪った相手は真顔だった。

……これがファーストキスなんて最悪。

こんなことなら辰巳にキスくらい、ねだっておけばよかった。いまさら後悔したって、遅い。

最悪な形でファーストキスを経験したあとは、会場を移って披露宴が行われる。

「季里さん、星司くん。ご結婚、おめでとうございます。いやー、ほんとに美男美女といった感じで、おじさんには眩しいです！」

父の支援者である、地元議員のスピーチで会場が沸く。

「えー、輝かしい未来が待っているおふたりにこんな話をするのはどうかと思うんですが、私、実は一度、離婚しておりまして……」

さすが、慣れているだけあって、彼のスピーチはそれなりに面白かった。それで誰もが笑っていたのだけれど、私の隣に座るひとりだけは真顔だった。

「……ねえ。今の、面白くなかったの？」

こっそりと彼を肘でつつき、小さな声で話す。

「面白かったですよ」

そう言うわりに、彼の表情は髪の毛一本変わらない。今日は式でも、現在進行中の披露宴でもそうなのだ。星司さんは全然、笑わずにずっと真顔。私だって同意したとはいえこの結婚は不本意だし、好きな人に祝われて心の中では絶賛絶望中だ。それでも、疑われないように笑顔を作っている。しかしいくら注意しようと、星司さんはにこりともしない。一生に一度の大舞台で緊張しているんだろうと思われているのが、不幸中の幸いだ。

二次会でも星司さんは一度も笑顔を見せず、取ってあったホテルの部屋へと入る。

「あー、疲れたー」

中に入って、そのままミニバーへと直行した。ワインセラーから適当なワインと、少し考えてグラスをふたつ掴み、ソファーに座る。栓を開けたところで、つまみがないなと気づいた。

「ルームサービス頼むけど、あなたはどうする？」

メニューを見ながら、一応星司さんに声をかける。

「僕は……そうですね」

すぐに彼は私の斜め前にある、ひとり掛けのソファーに座った。選び終わったメニューを、彼に渡す。注文は星司さんが一緒にしてくれた。

ルームサービスが来るのを待たず、ワインを飲む。とにかく今日は一日、なにかとストレスが溜まった。飲まずにはいられない。グラス半分飲んだところで、星司さんの存在を思い出した。

「あなたも飲む？」

「ありがとうございます」

瓶を差し出すと彼はグラスで受けた。

「今日はお疲れ様でした、と」

わざと少しおどけ、グラスを小さく上げる。

「お疲れ様でした」

星司さんも小さく上げて返してくれた。

「それにしても。星司さん、全然笑わないし、いつバレるかとヒヤヒヤしたわ」

「それは……すみません」

謝ってみせながらも、やはり彼は真顔だった。もしかして顔が、鉄仮面でできているんだろうか。

「まあ、慣れない式で緊張しているだけって思ってくれたみたいだからいいけど。あと、私が美人すぎるから」

何度も星司さんは、「こんな美人の隣だとそりゃ、緊張するよな」と背中をバンバン叩かれていた。それに対して「はぁ……」とズレた眼鏡を上げていただけの星司さんとのギャップを思い出し、おかしくなってきた。

ルームサービスで取ったチーズをつまみながら、ワインを飲む。一杯飲んだだけで、いい感じに酔ってきた。おかげで、口も軽くなる。

「私はー、本当は好きな人がいるのー」

二杯目を飲みながら、そろそろヤバいなと思う。私はお酒があまり強くない。珪子からも辰巳からも、あまり飲まないようにと注意されていた。でも、今日飲まずにいられないのは、辰巳のせいなのだ。

「その人はー、全然私に、振り向いてくれないし？　それどころか、私の気持ちになんて全然気づいてくれないし？　今日なんて、『ご結婚、おめでとうございます』とか嬉しそうに祝ってくれちゃって。あー、もー、最悪ー」

あれだけほのめかしていたのだから、辰巳だって私の気持ちを知っているはずなのだ。なのになんで、私が他の男と結婚するのに祝うの？　無神経にもほどがある。無神経といえば目の前に座るこの男もそうだ。好きな人がいるのに他の男と結婚した女の気持ちも考えてよ。少しくらい、気の利いた言葉くらいかけてくれてもいいんじゃない？　なのに表情ひとつ変えないし。

「ねえ。私の結婚したくない理由だけ聞いて、あなたは話さない気？」

じろっ！　と睨みつけたら、星司さんの肩が跳ねた。さすがに悪いと思ったのか、そろりと彼が口を開く。

「……僕には昔、結婚を考えた人がいました」

「じゃあ、その人と結婚すればよかったじゃない」

そうすれば親からの見合い攻撃をかわすために、好きでもない私と結婚する必要なんてなかった。

「フラれたんですよ、プロポーズしたら」

ぼそりと呟くように言い、星司さんはワインをひとくち飲んだ。

「僕は感情が顔に出にくいらしくて。今日だって僕としては精一杯、幸せな花婿を演じているつもりでしたが、何度も季里さんに注意されてしまいました」

はぁっと陰鬱なため息をつき、彼がワインを飲む。

「それは……悪かったわ」

あれで星司さんとしては一生懸命やっていたんだ。

「いいんです、別に。それにどうも僕は自分の気持ちを伝えるのも下手らしくて。おかげでなにを考えているのかわからないとよく言われます」

手持ち無沙汰そうに彼はグラスを手の中で弄んでいる。今まで真顔でなにを考えているのかわからないと思っていたが、もしかして口にしないだけでそれなりにいろいろ考えていた?

「でも、彼女ならわかってくれていると思っていました。けれどそんなの、僕の勝手な思い込みでした。僕がなにを考えているのかわからないし、こんな僕は自分に興味がないのだろう。淋しそうに笑って差し出した婚約指環を押し戻してきた、彼女の顔は今でも忘れられません」

後悔なのか、はぁーっと深いため息をつき、星司さんはグラスに残っていたワインを一気に飲み干した。

「きっと誰かを好きになっても、同じように誤解させて傷つけてしまいます。また好きになった人を傷つけるのは怖い。だから僕は、もう二度と恋などしないと決めたんです」

星司さんの話を聞きながら、だんだん腹立たしくなってくる。私だって今の話を聞いて、星司さんだって彼なりに苦労しているんだと知った。今までなにも知らずに勝手に心の中で文句を言っていたのを、密かに詫びたくらいだ。その彼女は本当に星司さんを愛していたんだろうか。彼に責任を押しつけ、自分はなにもせずに被害者面なんて許せない。星司さんがそういう人間だと知っていたなら、なおさら。

「ばっかじゃないの、その女！」

私の声に驚いて、星司さんがこちらを見る。

「自分は星司さんを知る努力をしたの？　しないで傷つきましたって何様よ。私だったら星司さんを知る努力をするし、わからなかったら聞くわ」

そうだ、これからは心の中で不満を漏らさず、はっきりと口にしよう。そうすれば星司さんだって応えてくれるはず。それはとてもいい考えな気がして、気分がよくなってきた。

「星司さんの結婚したくない理由が、そんなつまんないものだなんて思わなかったわ。私なんて、好きな人からこれっぽっちも相手にされないからなのに」

せっかく上がった気分だが、辰巳を思い出して急行降下していく。そんな気持ちを振り払いたくて、グラスに残っていたワインを一気に飲み干した。けれど気分はますます落ち込んでいく。

「……忘れられたら、楽になれるのかな」

ぽろりと弱音がこぼれ落ちた。今日、どんなに頑張ったって辰巳は振り向いてくれないのだという現実を見せつけられた気がした。これ以上、不毛に彼を想い続けても、ただ苦しいだけじゃないのか。

「……忘れさせて、あげましょうか」

星司さんが私の隣に座り、太ももに手を置く。おかげでびくりと身体が大きく震えた。近い、近すぎる。なんでこの人、こんなに私に密着しているんだろう。

「……そんなの、できるわけない」

彼の顔を見るのが怖くて、目を逸らす。けれど逃がさないかのように顔に手がかかり、無理矢理彼のほうへと向かされた。

「できますよ。どうすればいいか、わかるでしょう？」

じっと星司さんが眼鏡の向こうから私を見ている。どくん、どくんと心臓が大きく鼓動し、自己主張を繰り返した。それがなにを意味するかなんて、今日ファーストキスを経験したばかりのウブな私でもわかる。ゆっくりと傾きながら近づいてくる顔を、なにをするのかわからなくて見ていた。目を閉じる間もなく、唇が触れて離れる。なんでこの人は私が好きじゃないのに、キスなんてするんだろう。

「キスするときは目を閉じるんですよ。まさか、知らないとは言いませんよね？」

挑発するかのように、僅かに星司さんの口角が持ち上がる。それを見て、カッと頬が熱くなった。

「し、知ってるわ！　それくらい！」

売り言葉に買い言葉じゃないけれど、勢いで目を閉じていた。それがなにを、意味するのかなんて考えずに。再び、星司さんの唇が重なる。それは何度か唇を啄み、私の中へと侵入してきた。頭が熱く、痺れていく。キスがこんなに官能的なものだなんて——知らない。

唇が離れ、しばらく見つめあう。表情が乏しいだなんて嘘だ。星司さんはあんなに熱を帯びた目で、眼鏡の向こうから私を見ているではないか。

「本当に忘れさせてくれる？」

辰巳を忘れられたら、もうこんなつらい思いをしなくていい。辰巳を忘れて、星司さんを好きになったら、私は楽になれる？　忘れられるなら、忘れたい。

「はい。僕が忘れさせてあげます」

星司さんがそっと私を抱き締める。

「うん。忘れさせて」

その胸に縋り、泣きじゃくった。この一時《いっとき》だけでも、この胸の痛みから逃げたい。だから私は——星司さんに身を任せた。

第二章　夫婦ごっこ

「……頭、痛い……」

酷い頭痛と喉の渇きで目が覚めた。昨日は自分の結婚式、で。辰巳から結婚を祝われて散々だった。それで部屋に入ってからやけ酒……。

ふと、隣で眠っている人物を見て思考が止まる。なんで星司さんが、ここに？　ダブルの部屋ならわかるが、ツインなのだ。ベッドがふたつあるのに、なんで同じベッドで寝ているの？　さらにわからないのが、彼が裸だということだ。そろりと自分の身体に視線を落とし、さらに布団も捲って確認する。

……うん。これはそういうことだな。

などと冷静に納得した次の瞬間。

「はぁーっ!?　どういうことー!?　……うっ、いたっ」

思わず、大きな声が出た。おかげで、頭が盛大に痛む。こんな緊急事態、やはり納得なんてできるわけがないのだ。ファーストキスは儀式だったから仕方ない。しないと、怪しまれるし。でも、処女まで星司さんに捧げる必要はどこにも、ない。それにこれは愛のない形式だけの結婚なのだ。

「なんですか、朝から大きな声を出して……」

私の叫びで目が覚めたのか、星司さんが起き上がる。

「おはようございます、季里さん」

「お、おはようございます……」

彼はなんでもないように眼鏡をかけて下に落ちていた下着を拾って穿いているが、この状況を少しは説明してほしい。

「身体、つらくないですか。昨晩は少々、無理をさせてしまいました」

心配……してくれているんだと思うが、いかんせん真顔なので判断が難しい。

「あっ、えっと。……頭、痛い……」

頭痛に耐えかねて、丸くなる。聞かなければならないことはたくさんあるが、先にこの頭痛をなんとかせねば、まともに思考できそうになかった。

「ちょっと待っててください」

シャツを羽織り、星司さんが寝室を出ていく。

「ううっ、頭痛いよー」

こんなに酷い二日酔いは初めてだ。いつもは珪子か辰巳がセーブしてくれるし、私自身適量をわかっていてそれ以上飲まない。なのにこの状態とは、昨晩はいかに悪いお酒だったのかわかる。星司さんに迷惑かけてないかな……。

「季里さん」

少しして、星司さんはペットボトルを手に戻ってきた。

「食欲、ありますか」

「……ない」

言われてみれば胃もムカムカするし、なにも食べられそうにない。

「わかりました。これ、薬を持ってきてもらいました」

私の手を取り、星司さんが錠剤のシートをのせる。

「なにも食べないで飲むと胃が荒れますから、せめて水をたくさん飲んでください」

さらにわざわざ蓋を緩め、ペットボトルを渡してくれた。

「……ありがとう」

薬を押し出して口に放り込み、水で流し込む。たくさん水を飲めと言われてもそんなに飲めるものじゃないし……とは思ったが、身体は乾いていたようで一本があっという間になくなった。

「すぐに効いてきますからね、大丈夫ですよ」

「うん……」

横になったら頭痛を和らげるように、星司さんが髪を撫でてくれた。それが気持ちよくて目を閉じる。薬が効いて頭痛が治ると共に、今の状況を理解した。

「えっと。星司、さん？」

「はい」

私が起き上がったので、彼が手を止める。

「なにを、やってたの？」

「なにって、季里さんが少しでも楽になるように、頭を撫でていただけですが」

真顔の彼が答えると、至極真っ当な理由に聞こえた。しかし普通、他人の頭を撫でたりしないのだ。しばらく考えて、これは母親が子供を落ち着かせるあれと一緒だと片付けた。そうじゃないと説明がつかない。

「頭痛が治ったんなら、シャワーを浴びてきてください。そろそろ準備して出ないと、飛行機に遅れます」

「そうだった！」

今日からギリシャ・イタリア十日間の新婚旅行に行く予定になっている。ぐずぐずしている暇はないのだ。

「うわっ、なにこれ⁉」

シャワーを浴びに浴室に来て、鏡に映し出された自分の身体を見て驚いた。身体中にあちこち、赤い痕が付いている。これっていわゆる、……キスマークというヤツなんだろうな。それでようやく、昨晩の出来事を理解した。部屋に入ってから飲んで、それで……酔った勢いで、好きな人がいるから結婚したくなかったんだとか言ったな。そこから先は記憶がほぼないけれど、ヤケになって辰巳を忘れさせてくれとか頼んでいてもおかしくない。というか、頼んだ結果がこれなのだろう。

白のオフショルダーカットソーにミントグリーンのクロップドパンツに着替えたら、星司さんから着ていたジャケットをかけられた。

「えっと……」

「見えるんですよ、……キスマーク」

耳もとで囁き、離れた星司さんが自身の首もとをちょんちょんと指先で指す。反射的に自分の同じ場所を手で押さえていた。おかげで、あっという間に顔が熱くなる。

「えっ、あっ」

「代わりの服がないのなら、それを着ていただいていていいですが。季里さんのキスマークを他の人間にさらすわけにはいきませんので」

付けた本人が白々しくて腹立たしい。しかし、これをさらして歩くわけにもいかなかった。

「……とりあえず借りておいて、お店でなんか買ってから返す」

「そうですか」

返事はそれだけだった。悪いという気持ちはないんだろうか。

今日の星司さんはマリンボーダーのボートネックカットソーに黒のパンツ、それに今借りている濃紺のジャケットだった。よくよく思い起こせば、カジュアルな私服は初めて見る気がする。結婚式の打ち合わせ兼デートはだいたい、スーツかそれに準ずるものだった。さすがに新婚旅行はそれではマズいと思ったのだろう。

ホテルのショップでスカーフを買って首もとを隠し、タクシーで空港へと向かう。

「季里さんは昨晩のこと、覚えていますか」

「ええっと……」

目は忙しなく動き、言葉はしどろもどろになる。やはり昨日、なにか粗相をしたんじゃ。落ち着かないまま、星司さんの次の言葉を待つ。

「覚えていないならいいんです」

そう言ったきり、星司さんは黙ってしまった。無表情な彼が、怒っているのか呆れているか、……それともなにも思っていないのか判断がつかない。居心地が最高に悪く、今すぐここから逃げ出したい。昨日の私はいったい、なにをしたんだ？

「その。……ひとつ、確認をしたいんですが」

星司さんがなにを考えているのかさっぱりわからないが、とりあえず私を責める気はなさそうなので一旦置いておく。しかしあの件は、確認しておかなければならない。

「昨晩は、その。シ、シたぁん、ですか、ねぇ？」

言葉は途切れ途切れになったうえに、裏返っていて恥ずかしい。しかしそれほど、私は緊張していた。

「シたとは、なにを？」

けれど私のそんな気持ちを無視して、星司さんは普通の顔で聞き返してくる。察してほしいと願った私に、罪はないはずだ。

「それは……その……セ……セ……」

全部は言えず、熱い顔で俯いてもじもじと膝を擦りあわせる。これはなんの羞恥プレイなんだろうか。あれか、昨晩、星司さんに迷惑をかけた罰か。

「ああ。僕が季里さんを抱いたかどうかということですか」

ぶんぶんと勢いよく、何度も頷く。

「それは……教えて、ほしいですか？」

レンズの向こうから星司さんが私を見ている。その瞳が艶っぽく感じるのは、気のせいだろうか。

「えっと……」

知らなければならないことなのに、その瞳を見て急に怖くなった。言わなくていい、そう言おうとしたものの。

「……昨晩、僕は季里さんを抱きました」

耳もとで囁くように言い、星司さんが顔を離す。

「……はい」

顔どころか全身が熱い。しかし星司さんは平然としている。女性に興味がないと言いながら、こういうのが日常茶飯事なんだろうか……？

私としてはドバイを経由してギリシャに入りたかったが、父が絶対に日本の航空会社を使えというのでドイツ経由になった。それだけでも不満なのに、さらに不満なのがファーストクラスで半個室とはいえ、星司さんと私を隔てる中央のパーティションが自由に開閉できる点だ。

「季里さん」

仕事をしていたら中央のパーティションが下りて、星司さんが顔を出す。

「寒くないですか」

「いえ、別に……」

曖昧な笑顔で、それに答える。

「そうですか」

そのまま星司さんは止まっているが、まだなにか用があるんだろうか。

「あの。もう閉めても？」

「えっ、ああはい」

慌てて星司さんはパーティションを元に戻したけれど、なんだったんだろう。

仕事を再開し、さらに五分後。

「季里さん」

また声がかけられ、パーティションが下りる。

「喉、乾きませんか」

「いえ、別に……」

テーブルの脇に置いてある、ペットボトルをちらり。乗ってからもらったそれには、まだまだ水が入っている。

「そうですか」

今度はすぐにパーティションが上がって、星司さんは姿を消した。気を取り直して仕事を再開し、集中し始めた頃。

「季里さん」

再び声がかけられて、パーティションが下がる。

「お腹、空きませんか」

「ええっと……」

さっきから彼が、なにをしたいのかわからなくて困惑した。お腹が空いてないかって、搭乗する前にラウンジで軽く食事をしたんですが？　それは星司さんだって知っている。

「……星司さん、お腹空いたの？」

だから一緒になにか食べようというのなら、少しはわかる。私に一緒に食事をする気はないが。

「僕は別に」

「はぁ」

ならばこれは、なんなんだ？　その顔から考えを読み取ろうとするが、星司さんはいつもごとく真顔だからわからない。

「その。用があるときは声をかけるから、気にしないで」

「わかりました」

神妙に頷き、彼はパーティションを上げた。

「はぁーっ……」

聞こえないように、控えめにため息をつく。変なことをして、私を悩ませないでほしい。

何度も邪魔をされて仕事をする気も削がれたので、映画でも観ようかとモニターをつける。なににしようかと選びながらふと、さっきのあれはもしかして気を遣ってくれたのかと気づいた。なのに素っ気ない態度を取ってしまったのは申し訳なくなったが、同時に疑問が浮かんでくる。今までずっと、星司さんは私に無関心だったのだ。気を遣われるなんて皆無、あくまで私は仮面夫婦としてのパートナー。それがどうして、急にかまってくる？　昨晩の私は彼に、なにかしたんだろうか。昨日の私に膝詰めで、問い詰めたくなってきた。

やんわりと声をかけるなと言ったからか、それからはもうパーティションは下りなかった。

ひとりの時間を満喫し、ドイツを経由してギリシャに着く。そのあいだ、星司さんはこちらから声をかけない限り、ほとんど口を開かなかった。

三時近くに、ホテルに着いた。散歩がてら、すぐ近くのゼウス神殿まで歩く。

「すっごい大きな柱ね。これが百四本も立ってたなんて、当時はさぞ見応えあったでしょうね」

「そうですね」

相槌を打つように短く答えたっきり、星司さんからそれ以上の言葉はない。私は感動しているというのにあまりに無反応で、むっとした。それでも気にしないように、歩いて回る。

「昔の浴場だって。そういえばローマの浴場を舞台にした、あの映画観た？　あの役者、日本人なのに現地の人たちに混ざっても全然違和感なかったよね」

「そうですね」

また、返事はそれだけ。これだとひとり観光し、大きな声で独り言を言っているような気分だ。こんな虚しい気分で観光するくらいなら、ホテルで仕事をしていればよかった。

「……あーあ、つまんない」

ぼそっと呟いて反応をうかがう。けれどやはり、星司さんは真顔で突っ立っているだけだった。

「ショッピングにでも行こうかなー」

意味深にちらりと彼を見て、歩き出す。もし追ってもきてくれないのなら、そういう人だと諦めて割り切ろう。だいたい、星司さんは無反応がデフォルトなのだ、それに期待した私が間違っている。

「季里さん」

けれどすぐに、星司さんは追いついてきた。

「なに？」

どんな言葉が出てくるのかわからないまま、彼の顔を見上げる。

「僕が一緒だと楽しめないですよね。なら、季里さんはひとりで行ってきてください。僕はホテルで待っていますから」

それだけ言って星司さんはホテルに戻ろうと踵を返す。これってもしかして、飛行機の中と同じように気を遣ってくれている？

「待って！」

去ろうとする彼の腕を掴み、引き留める。

「ちゃんと言ってくれなきゃ、なに考えてるかわかんない」

少し考えればたぶんそうなんだろうという推測はできたが、それでなくても星司さんは無表情なんだから察してくれなんて困る。

「それは……」

言い淀み、俯くように星司さんが私を見下ろす。

「季里さんが僕に怒っているようだったので、僕はいないほうがいいんじゃないかと思いました」

「えっと……」

確かに、星司さんの反応が薄くて苛ついていた。それを指摘されるとなにも言い返せなくなる。

「気を遣ってくれたのは嬉しい。ありがとう。でもさ」

一度言葉を切り、レンズ越しに真っ直ぐ彼の目を見る。

「星司さん、ずっと『そうですね』しか言ってくれないし。そういうのはそれしか返事をしないロボットにでも向かって話しかけているみたいで、淋しくなっちゃう」

「それは……」

星司さんはまた、そのまま俯き黙ってしまった。あまりにも返事がないし、なんだかなにもする気がなくなってホテルに帰ろうかと思った瞬間。ようやく星司さんが口を開いた。

「すみません、でした。季里さんが僕と話すのは迷惑そうだったので、なるべく黙っていようと思ったんですが……」

「へ？」

彼がなにを言っているのかわからない。いつ、迷惑だって……あ。飛行機の中であまり仕事の邪魔をしてくるものだから、声をかけないでほしい的なことは言った。まさかそれをずっと、実行しているなんて思わない。

「あのときは仕事をしていたから、頻繁に声をかけられるのが困る、って話で。今は状況が違うじゃない」

「すみません」

あまりにも融通が利かなさすぎて呆れてしまう。それでも、これも彼なりに気を遣ってくれたのだと遅まきながら気づいた。

「ま、まあ。飛行機の中でも今も、気を遣ってくれたのは嬉しい、けど」

「ありがとうございます」

なんとなく気まずくて顔を伏せる。それでようやく、星司さんの顔が上がった。相変わらずの真顔で、なにを考えているのかはさっぱりわからない。でも、たぶんいい人なんだと思う。

一連のやりとりで観光もショッピングもどうでもよくなり、ホテルに帰る。途中、美味しそうなお菓子屋を見つけ、適当に買った。

ホテルは星司さんからの反対もなかったし、スイートを取っていた。

「僕がやりますよ」

戻ってきて部屋に備え付けのコーヒーマシーンでコーヒーを淹れようとしたら、止められた。

「そう？　ありがとう」

素直にお礼を言い、ソファーに座る。窓の外には荘厳な遺跡が広がっていて、このホテルにしてよかった。

「どうぞ」

「ありがとう」

少しして星司さんが私の前にコーヒーを置く。さらにはお皿とフォークまで持ってきてくれた。意外と気が利く。

買ってきたお菓子をお皿の上にのせた。見た目はパイケーキっぽい。しかし、フォークを入れるとこれでもかっ！　ってくらい、シロップが染み出てくる。なにも考えず、ひとくち食べて……悶絶した。慌ててカップを掴み、中身を流し込む。

「……ヤバい、これ」

「ヤバい、とは？」

全力疾走でもしたかのようにぜーぜーと息をする私を、星司さんは真顔で見ている。これを食べればさすがの彼でも、表情が変わるのでは？　そんな好奇心が湧き、早速お皿を押しつけた。

「食べてみて？」

「はぁ……」

若干、不思議そうにそれを受け取った彼が、フォークを口に運ぶのをわくわくして見ていた。それが彼の口に入ったが、なにも起こらない。これでもダメなのかと思ったが、次の瞬間。

「……！」

カッ！　とそのレンズの幅に迫らんばかりに目が見開かれる。お皿は持ったまま大慌てでカップを掴み、私と同じようにコーヒーを流し込んだ。

「な、なんですか、これ……!?」

出会ってから今まで真顔しか見たことのない彼が、驚愕の表情でむせ込んでいるのが面白くて堪らなくて、笑い転げていた。

「ね、死ぬほど甘いでしょ？」

甘い生地にたっぷり甘いシロップを染み込ませたそれは、頭が痛くなるほど甘い。あいだにナッツが挟まれているが、それでは全然中和しきれていなかった。

「世の中にはこんなお菓子があるんですね……」

感心した彼が、お皿をテーブルの上に置く。もったいないがこれ以上、暴力的に甘いそれを私には食べられそうにない。

「びっくりだよねー」

まだ甘さの残る口を、コーヒーですすぐ。そっか、星司さんでも驚いたりするんだ。それはちょっと、いい発見だ。

「あの、さ。星司さん」

空になったコーヒーカップをソーサーに戻し、改まって彼を見る。彼もすぐに、座り直して私を見た。

「新婚旅行のあいだ、夫婦ごっこをしませんか」

そのまま、レンズ越しに彼の目を見て返事を待つ。

「……夫婦ごっこ、ですか？」

少しの間が開き、彼が聞き返してくる。それに黙って頷いた。

「仮面夫婦とはいえ、一緒に暮らすのよ？　他人ではいられないわ。それに、いざ夫婦のフリをするときに互いのことを知らなければボロが出る。だから、夫婦のフリの練習をしましょう、ってこと」

お見合いから半年。いまだに私は星司さんを全然知らないのだと気づいた。きっと星司さんも、また。たぶん、いい人なんだと気づいたのはついさっき。鉄仮面でできているかのように表情の変わらない彼でも、感情の振り幅が大きいとさすがに出るのだと知ったのもついさっき。こうやって少しずつ、知っていったらいい。

じっと私の顔を見つめたまま、星司さんは黙っている。干渉されたくないなどとも言っていたし、反対なのかと失望しかけたものの。

「わかりました」

ゆっくりと彼が頷く。星司さんが同じ気持ちで、ほっとした。あと彼は、融通が利かないほど真面目な人なんだと思う。

夕食を済ませ、部屋に戻ってきて気づいた。

……〝夜〟はどうするんだろう？　ツインのタイプの部屋を取ってあるので、ベッドは別……のはず。でも、夫婦ごっこをしているし、夫婦となればアレがつきものだし、そして一応、私には記憶がないがもうすでに彼には抱かれている。今晩も……スる、の？

寝る支度をしてベッドに座りながら悶々と悩む。そのうち、星司さんも寝室へやってきた。

「おやすみなさい、季里さん」

しかし彼は眼鏡を置き、あっさりと隣のベッドへ入った。

「へっ？」

おかげで思わず、変な声が出る。それに気づき、星司さんは起き上がって再び眼鏡をかけた。

「どうかしましたか？」

「あっ、えっと。……シないのかな、って」

どうかしているのはあなたのほうでしょ、とか言えたらいいが、それはさすがに無理だった。代わりにそろりと上目遣いで尋ねる。

「なにを？　……って。もしかして、おやすみのキスですか？」

「ちっがーう！」

少し考えたあと、ぱっと顔を上げた彼に間髪入れずツッコむ。それもあるが、そうじゃない。

「違うって、じゃあなんですか」

「うっ」

こんなことを至極真面目に聞いてこられても困って、言葉に詰まってしまう。

「だからー、その。一応、夫婦？　なわけだし？」

察してくれといわんばかりに、ちらっ、ちらっと星司さんをうかがう。

「ああ。季里さんはシたいですか？」

やっとわかってくれたのは助かるが、聞かれるとは思っていなかった。それでもぶんぶんと勢いよく首を横に振る。

「季里さんがしたくないなら、しません。無理にするようなことじゃないですから」

しないと言われてほっとした。けれど。

「でも、夫婦っぽいことはしたほうがいいかもしれませんね」

星司さんがこちらを向き、私と向きあうようにベッドサイドに座る。そのまま彼の顔が近づいてきて、唇が――触れた。

「おやすみなさい、季里さん」

呆然としている私を無視して星司さんが眼鏡を置き、また布団に潜る。目を閉じたもののなにか思い出したのか、すぐに開いた。

「そうだ。キスするときは目を閉じるものですよ。じゃあ、おやすみなさい」

彼の指摘でつま先から一気に熱が頭まで上ってくる。

「……キ」

怒りでわなわなと身体が震えた。腕を伸ばし、手近にあった枕を掴む。

「キスしていいとか言ってないし――！」

それを私は、星司さんに思いっきり投げつけた。

鼻息も荒いまま一旦部屋を出て水を飲み、気持ちを落ち着けて寝室へ戻る。そこではベッドにきちんと枕が戻してあり、それをなんとも言えない気持ちで見つめた。

「……はぁっ」

短くため息をつき、私もベッドに潜る。あんなことを言うなんて、星司さんは意地悪だ。しれっと枕を戻してあるのも。でも、私がしたくないならしないって言ってくれたのは嬉しかった。けれどならなんで、結婚式の夜は抱いたのかという疑問は残る。

が、あの日の私は辰巳から結婚を祝われかなりヤケになっていたので、滅茶苦茶にしてくれとか頼んでいても不思議ではない。だとしたら、星司さんには悪いことをした。

「……そういえば」

あのときもキスするときは目を閉じろって、星司さんに同じ台詞を言われた気がするな……。

翌日はアテネ観光をしてもう一泊し、その翌日はサントリーニ島に渡った。白い建物と青い屋根が美しい。

「どうぞ」

差し出された手を無言で見つめる。そのまま星司さんの顔へと視線を移動させ、これがどういう意味なのか考えた。……たぶん、これが正解だよね？

そろりと手をのせると彼が握り返してくる。やはり、手を繋ごうという意味だったらしい。

星司さんはとにかく表情が乏しいので、なにを考えているのかわかりにくい。でもそれが私にはクイズのように思えて、次第に楽しくなってきた。

手を繋いで街の中を見てまわる。

「うわっ、可愛いー」

入ったお店では、アクセサリーがたくさん売られていた。

「どう?」

青い石のピアスをひとつ取り、耳に当ててみる。

「いいと思います」

でも、星司さんの返事は素っ気ない。いや、これが彼のデフォルトなんだけれど。

「ふーん。星司さんが可愛いって言ってくれないから、やーめよっと」

「えっ、あっ」

急に星司さんが、眼鏡を触り出す。わかっているのにこんなふうに言って、彼が慌てる姿を楽しんでいる私は、性格が悪い。

「嘘よ。私がするにはちょっとチープかな、って思ったの」

星司さんの腕を取り、店を出る。可愛いなとは思ったが、本気で欲しいとは思っていない。でも、星司さんが可愛いって言ってくれたら、気がよくなって買っていたかもしれないが。

次のお店では石けんが売られていた。

「オーガニックオリーブオイル……。これはぜひ買わなきゃ」

石けん、というか化粧品関連は私の血が騒ぐ。なんといっても私は、好きが高じて化粧品会社を経営しているくらいだ。

「……季里さん」

あれも、これも、と物色していたら、後ろから控えめに声をかけられて振り向いた。

「店を買い占める気ですか」

そう言われて、星司さんの腕を見る。そこには私の選んだ石けんが、こぼれ落ちんばかりにのっていた。

「……ごめん」

いくら夢中になっていたからって、これはやりすぎだ。

「少し、戻すね」

「いいんですよ」

さすがに多すぎだと彼の腕からいくつか取ろうとしたが、止められた。

「これは季里さんの仕事に必要なものなのでしょう？　なら、全部買いましょう」

そのままさっさとお会計に向かい、星司さんは本当に全部、買ってしまった。

「すみません、なんか」

大荷物を下げた彼と一緒に店を出る。

「いいんですよ。季里さんの欲しいものは僕がなんでも買ってあげます。……夫婦、ですから」

下がってもいないのに、星司さんは眼鏡を上げた。これは、……照れている？　いや、それはないか。

散々歩き回り、景色のいいお店でお茶にする。

「すみません、ちょっと外します」

ちらっと私に携帯を見せ、星司さんは店を出ていった。もしかして職場からの電話かな。エリート銀行マンだもんね、新婚旅行中も仕事とは大変だ。私は珪子がしっかりやってくれているから、そのあたりは安心だけれど。あー、でも、帰ったら鬼のように仕事が溜まってるんだろうな……。

「すみません、おまたせしました」

帰国してからの仕事を思い、憂鬱な気分でレモネードを飲んでいたら星司さんが戻ってきた。

「お仕事、大変ね」

「ええ、はい」

なんか今、誤魔化された気がするけれど、もしかして仕事じゃなくて女だったとか？　だとしても私たちの場合は問題ないんだよねー。なにせ、仮面夫婦だし。

夕食は夕日の見えるレストランを予約してあったので、そこで食べる。空と海を赤く染めながら、少しずつ落ちていく夕日が美しい。

「うわーっ、すごーく綺麗な夕日ね」

「そ、そう……だね」

星司さんがぎこちない笑顔になる。それについ、噴き出していた。

「……笑わなくてもいいじゃないですか」

すぐに彼の顔が、真顔に戻る。

「ごめんなさい」

苦手なのに私にあわせて笑ってくれた彼を笑ったのは悪かったな。

この二日でなんとなく、星司さんは感情が乏しいのではなくて、表情に出にくいだけなのだと気づいた。あとは。

「ねえ。もしかして、年下の部下にも敬語なの？」

「そうですが」

なんでもないように彼が答える。

「ふぅん。そうなんだ」

夫婦なんだし、私のほうが年下なんだから敬語じゃなくてもいいと言っても、星司さんはいつも敬語だ。真面目な彼らしい。

「おかしい、ですか」

手を止めて聞いてきた彼は、若干不安そうに思えた。

「別に。星司さんらしいな、って思っただけ」

こういう真面目なところは、好感が持てた。

部屋に戻ったら、星司さんが小さな紙袋を差し出してくる。

「よろしければ」

「なあに、これ？」

受け取ったそれを早速ガサガサと開けた。

「季里さんが可愛かった、ので」

傾けると今日、買わなかったピアスが出てくる。

「え、わざわざ買ってきてくれたの？」

ヤバい、嬉しくて顔がニヤけそう。たぶん、お茶したときに少し席を外していたのは、これを買いに行っていたんだ。着けているピアスを外し、それに変える。

「どう？」

買ってくれたピアスを装着した耳を、星司さんに見せた。

「か、可愛い、……です」

彼が俯いて眼鏡を上げる。

「ありがとう、星司さん」

「僕は、別に」

星司さんの視線が明後日の方向を向く。たぶん、照れてるんだろうな。それで凄く、気分がよくなっていた。


サントリーニ島を二日間堪能したあとはイタリアへ入る。そこでもショッピングや観光を堪能した。

明日は日本へ帰るという日。スペイン広場で階段を上り、ふたりで街を眺める。映画で憧れの場所だが、もう同じようにジェラートを食べられないのは惜しい。

「ねえ」

「なんですか」

私の耳にはサントリーニ島で星司さんが買ってくれた、ピアスが揺れていた。手すりに置く、隣りあった手は重なっている。着いたときはあんなにぎくしゃくしていたのに、この十日間で随分夫婦らしくなったと思う。——しかし。

「やっぱりあなたを、夫として愛するのは無理だと思うの。ほら、私には……好きな人がいるし？」

真っ直ぐに前を見たまま、星司さんはなにも言わない。私も前を見たまま続ける。

「でも、あなたは嫌いじゃないし、好意もある」

〝好意〟の二文字に反応するかのように、私の上にある星司さんの手に僅かに力が入った。

「あ、好意といっても恋愛感情じゃないのよ？　友愛っていうか。だから、これから友達としてならやっていけると思うの」

見上げると、レンズ越しに目があった。じっと私を見つめている瞳は、なにを考えているのかわからない。

「……そうですか」

星司さんの手が私の頬をするりと撫でて離れていく。相変わらず彼は真顔だったけれど、私の願望からか嬉しそうに見えた。

第二・五章　友愛と恋愛

「でも、あなたは嫌いじゃないし、好意もある」

新婚旅行最終日のスペイン広場。季里さんの言葉にドキッとした。彼女が僕に好意を抱いてくれている？　それだけで気分が高揚していく。——しかし。

「あ、好意といっても恋愛感情じゃないのよ？　友愛っていうか。だから、これから友達としてならやっていけると思うの」

続く言葉で気持ちは失望へと変わっていった。好意を抱いてもらえただけでも嬉しいはずなのに。


新婚旅行の出だしは最悪だった。僕が至らないばかりに季里さんを怒らせてしまったのだ。やはり、別れた彼女と同じように季里さんも離れていくのだろうかと狼狽え、つらくなった。けれど季里さんは違ったのだ。

『ちゃんと言ってくれなきゃ、わかんない』

ひとりで僕がなにを考えているのかわからないなどと悩まずに、真っ直ぐに僕の目を見て聞いてくれた。ああ、季里さんはやはり、彼女とは違うのだ。嬉しくて堪らなかったけれど、僕の勝手な思い込みで彼女に淋しい思いをさせていたのは海よりも深く反省した。

夫婦ごっこをしないかと提案されたときは、こんな僕でもごっことはいえ夫の役が務まるのか不安になった。しかし彼女の言うとおり、これからはこれが続くのだ。互いを知り、慣れておかなければボロが出る。それにごっこでも季里さんの夫として振る舞えるのは、嬉しい気がしていた。

とはいえ、表情も乏しく口下手な僕が、上手く夫を演じられるはずもない。季里さんに結婚式のときのように叱られるんじゃないか。――季里さんを不快にさせていないだろうか。そんなことばかり気にかかる。けれどスタートとは違い、季里さんは始終ご機嫌だった。僕の無表情を責めるどころか、からかって反応を楽しんでいる。それに、僕を理解しようとしてくれているように感じた。

季里さんなら僕をわかってくれるかもしれない。そんな期待が確信へと変わっていく。心が、一気に溶けていくのを感じた。新婚旅行が終わればこの夫婦ごっこも終わるのなら、永遠に日本へ帰らなくていいとさえ思っていた。

そして最終日。季里さんから好意はあるが友達としてだと言われた。季里さんには好きな人がいる。僕に恋愛感情を抱くなどあるはずがない。わかっているはずなのに、それが妙に苦しい。

「……そうですか」

こちらを向いた季里さんの頬をそっと撫でる。僕もきっと、季里さんに好意を抱いている。でもこの気持ちは、僕ひとりの心に留めておこう。

第三章　新生活と不測の事態

新婚旅行から帰ってきて、日常生活が始まる。家はマンションではなく一軒家にした。マンションはふたり別々の行動が多いと、ご近所から怪しまれかねない。

「季里さん。おはようございます」

「……おはよう」

起きてリビングへ行くと、ダイニングテーブルで星司さんがタブレットを見ていた。今起きたばかりの私とは違い、もうすでにきっちり身支度が済んでいる。もちろん、別々の部屋で寝起きしているので、星司さんがいつ起きたかなんて私は知らない。彼をちらっとだけ見て、キッチンで水を飲んだ。

「よろしければ朝食を作りますが、どうですか？」

「……は？」

意味がわからずに彼の顔を見る。朝食……というか食事は、各自で好きにとるようになっていた。なので会社近くのコーヒーショップに寄って、サンドイッチでも食べようと思っていたのだ。

「えぇっと……」

「僕の分を作るついでです。無理に、とは言いませんが」

困惑気味の私に彼が説明してくれる。

「でも、悪いし……」

「なに、ひとり分作るのもふたり分作るのも手間は変わりません」

そうなんだろうか。私は基本、料理をしないのでわからない。

「どうします？　和食、洋食、……ああ。中華がゆもできますよ」

「中華がゆ……食べたい」

中華がゆの朝食なんて優雅で憧れるけれど、本当にいいんだろうか。

「あっ、でも、ほんとに悪いし！　大丈夫なので！」

つい口から出た本音を慌てて取り消す。

「いいんですよ、僕が好きで作るんですから。中華がゆですね、わかりました」

タブレットを置き、早速星司さんは立ち上がった。ここまでされたら、断りづらい。

「じゃ、じゃあ、……お願い、します」

「はい」

キッチンへ立つ星司さんとは反対に、私は洗面所へと行った。

軽く身支度を整えてリビングへ戻ってきたら、いいにおいが漂っていた。

「もうできますから、座って待っていてください」

「うん」

ワイシャツの袖をまくり上げ、黒エプロン姿で星司さんは料理をしている。料理もしないくせにオープンキッチンなんて格好いいなと決めたが、いまさらながら料理しているのが丸見えなのだと気づいた。

「おまたせしました」

少しして目の前に、深めのお皿が置かれる。焦げ茶の竹製ランチョンマットと、白い器の対比が美しい。もしかしてそこまで、計算しているんだろうか。

「作っておいてなんですが、お口にあわなかったらすみません」

エプロンを外しながら、星司さんが私の前に座る。

「いえ……。こちらこそ、作ってもらってありがとうございます」

なぜかじっと、星司さんは私を見ている。

「えっと。いただき、……ます」

それに居心地の悪い気持ちになりながら、添えられているレンゲを手に取っておかゆを口に運んだ。

「美味しい……！」

ホタテの出汁が、まだ目覚めきっていない身体に優しく染みる。朝は食欲がなくてあまり食べない私だが、これならいくらでもいけそうだ。

「よかった」

短くそれだけ口にし、星司さんも食べ始めた。もしかして、口にあわなかったらどうしようと不安だったとか？　相変わらず彼は真顔で、これは私の推測だけれど。それにしても、星司さんって料理、できるんだ。そういえば結婚前はひとり暮らしをしていたと言っていたような。レパートリーも広そうだし、彼なら大抵の女性が結婚してくれと言いそうだ。ただし、この無表情に耐えられれば、だが。

片付けはさすがに悪いので、私がすると言ったものの。

「食洗機、ありますから」

星司さんの手が、ビルトインの引き出しを開ける。そうだ、備え付けの食洗機が大きいのも、ここに決めた一因だった。

食事のあと、準備を済ませてタクシーを呼ぼうとしていたら、家を出ようとしていた星司さんから声をかけられた。

「よろしければ送りますよ」

無言で彼の顔を見上げる。今まで出勤は家の者の誰かが送ってくれた。最も多かったのはもちろん、辰巳だ。さすがにこれからはそれはないし、タクシーでの通勤を珪子とも話し合って決めていた。

「えっ、でも」

送ってくれるのはありがたいが、私の会社は彼の通勤経路にはない。私の会社と星司さんの銀行、そしてこの家がそれぞれ三角形の頂点になる位置にあり、車で各二十分ほど離れている。それをわざわざ送ってもらうわけにはいかない。

「今日は早く起きたので、時間があるんです」

時刻はまだ七時半、送ってもらっても余裕で彼の出勤時間には間に合いそうだ。それでも彼の時間を無駄にするわけで、躊躇った。

「ほら、遠慮しなくていいですから」

置いてある私の荷物を持ち、行こうと彼が促してくる。そこまでされて断るのも悪い気になり、送ってもらうことにした。

星司さんの車はフィンランドのメーカーの、グレーメタリックなSUVだ。乗り心地も悪くなくて、そこは気に入っていた。運転している星司さんの顔をちらりと盗み見る。もしかして私は彼に、世話を焼かれているのだろうか。朝食を作ってくれたり、わざわざ送ってくれたり。しかし結婚生活は、互いに干渉しないと決めたはずなのだ。

なのになぜ、私は彼に世話を焼かれている？

「えっと。星司……」

「ああ。帰りもよかったら連絡ください。時間があえば迎えに行きます」

私の疑問を封じるかのように星司さんが口を開く。

「いや、それは」

そこまでしてもらう義理はない。

「僕自身忙しいので、迎えに行くと確約できないのが残念ですが」

真っ直ぐ前を見て運転する星司さんはいつもどおりの真顔で、冗談なのか本気なのか判断できない。

「……いえ。ありがとうございます」

新婚旅行中に少しは星司さんに対して理解が進んだと思ったが、まだまだだったらしい。今日の彼がなにを考えているのか、私にはさっぱりわからなかった。

会社の裏通りで、星司さんは車を止めてくれた。

「じゃ、じゃあ。ありがとうございました」

とにかく居心地の悪いこの空間から早く逃げようとしたものの。

「季里さん」

シートベルトを外そうとした手を星司さんが押さえる。意味がわからなくてそちらを見たら、すぐ近くに彼の顔があった。

「いってらっしゃい」

不意打ちで彼の唇が私の唇に触れて離れる。

「えっ、あっ、はい」

降りるように促すかのように、彼の手がベルトの解除ボタンを押す。シュルシュルとベルトが巻き上がるあいだ、呆然と星司さんの顔を見ていた。

「じゃ、じゃあ。いってきます」

ぎくしゃくと車を降り、逃げるようにその場を離れる。どうして星司さんは私にキスなんてしたんだろう。私たちは愛のない結婚で、人目のない今、夫婦のフリをする必要なんてないのに。

「おはよう……」

「おはよう。なぁに、ぼーっとしちゃって。まさかまだ、時差ぼけ？」

出勤してきた私を見て、珪子が呆れ気味にため息を落とした。

「コーヒーでも飲んでしゃんとして。それじゃなくても仕事、溜まってるんだから」

「ああ、……うん」

気合いを入れるようにドン！　と乱暴に置かれたカップを手に取り、淹れてくれたコーヒーを飲む。

「……ねえ。キスって、好きでもない人とでもするの？」

「はぁっ？」

珪子の声には怒りが混ざっていて、おかげで身体がびくんと震えた。

「これだからお子ちゃまは……」

綺麗にネイルされた指先を額に当て、彼女が二、三度頭を振る。

「……お子ちゃまって同じ年じゃん」

バカにされて気分が悪く、唇を尖らせて抗議した。

「白馬の王子様を追っかけていまだに処女だなんて、お子ちゃま以外の何者でもないでしょ」

「うっ」

鋭い指摘が胸に刺さる。それに、酔った勢いで好きでもない人相手に処女を捨てたとか知られたら、さらになんと言われるか怖い。

「なに？　旦那にキスでもされたの？」

「……された」

なんとなく気まずく、カップを見つめてぼそりと落とす。旅行中のキスは夫婦ごっこをしていたので気にしなくていいと思う。でも、さっきのは？

「ふぅん。まあ、女性なら誰とでもキスする男もいるし、好きな人とだけしかキスしない男もいるわね」

なぜか珪子は意地悪く、ニヤニヤと笑っている。星司さんはどっちなんだろう。女性に興味はないと言いながら女性慣れしている部分も感じられたし、前者……？　なら、あのキスに特に意味はないのかも。

「うん、わかった。ありがとう」

意味がないのなら気にしなくていい。一気にもやもやが晴れる。私と違い、数多の恋をしてきた珪子に聞いて正解だった。

「ほんとにわかってるのかしらね、このお子ちゃまは……」

私は解決したと思ったんだけれど、珪子が物憂げにため息を落としているのはなんでだろう？

結婚式の準備なんかも含めて二週間近く休んでいたので、とにかく仕事が溜まっていた。

「『フェレフェレ』さんの件は……」

「多少のトラブルはあったけど、明日無事に倉庫から発送される予定」

パソコンの顔面に視線は落としたまま、私の問いに珪子が答えてくれる。

「そう。これで一段落、かな」

新婚旅行前から準備してきた取り引きが無事に動き出しそうで、ほっと胸を撫で下ろす。フェレフェレさんは全国展開している、バラエティショップだ。コスメやダイエット商品など女性向け商品に力を入れ、まだまだ店舗は少ないながらも急成長している。交渉を重ねようやく、そことの取り引きが実現しようとしていた。これが上手くいけばこの先、大きな売り上げになる。

「よく頑張った。って、これがスタートなんだけど」

「そうだね」

顔を上げた珪子に笑い返す。ここからさらに会社を、大きくするんだ。

「お昼、どうするー?」

「んー?」

珪子から声をかけられたものの、まだまだ目を通さなければならない書類が多い。この状態では外食は無理だろう。

「なんか買ってきてー」

「りょうかーい」

軽い調子で答え、珪子が出ていく。少ししてキリがよくなり、背伸びをして凝り固まった肩を解した。そのタイミングで珪子が帰ってくる。

「おまたせー」

「ありがとう」

彼女が応接セットで買ってきたお弁当を広げるので、私もそちらに移動した。

「お隣のカフェの日替わりにしたけどいい？」

「全然ＯＫ」

開けたランチボックスの中には、コロッケが入っていた。お茶を淹れてきて、珪子も私の前に座る。

「旦那との生活はどうよ？」

「あー、なんか今朝は朝食作ってくれて、送ってくれた」

「ふーん。あの旦那、堅物そうに見えていろいろアレなのねー」

珪子は愉しそうにニヤニヤ笑っているが、アレとはなんだ？　説明してほしい。

「それより来シーズンのトレンドカラーってなんだっけ？　シャドウとかリップとか、

そろそろ新色決めないといけないよね」

しかしそんな疑問を振り払い、仕事へと頭を切り替える。星司さんよりも仕事が優先。そのためにこの結婚を決めたのだ。

「ん？」

ちょうど食べ終わった頃、携帯がメッセージの通知を告げたので手に取る。画面には星司さんからだと表示されていた。通知をタップして星司さんとのトーク画面を開く。そこには自画像のつもりなのか「お疲れ様です」と眼鏡男子のスタンプが貼ってあり、戸惑った。さらに。

【今日、お昼に食べたパスタが美味しかったです。夜もやっているそうなので、今度一緒に行きませんか？】

「ねえ。これ、どういう意味だと思う？」

困惑気味に珪子へ画面を見せる。

「デートのお誘いでしょ」

けれど彼女は画面を一瞥だけして、興味なさそうに返してきた。

「デートのお誘いって、なに？」

私たちは仮面夫婦で、そこに愛だの恋だのはない。だからデートに誘われるとかあるはずがないのだ。

「だからー、デートのお誘いでしょ」

繰り返されたって、わからないものはわからない。

「恋人……夫婦でもないのに？」

「夫婦でしょ」

珪子は完全に呆れているが、私は変なことを聞いているだろうか。

「まあ、……一応」

左手薬指に視線を落とす。そこには既婚者の証が嵌まっていた。

「でも形だけだよ？　しつこい親の見合い攻撃をかわすために、カモフラージュで結婚しただけ」

私にとって、この結婚にそれ以上の意味はない。星司さんだって同じはずだ。

「あっ、そー。そろそろ仕事再開しないと今晩は帰れなくなるかもだけど、いいの？」

「よくない！」

慌てて立ち上がり、デスクへ向かう。結局、この件はこのままうやむやになった。

それからもひたすら溜まっていた仕事をこなし。

「……疲れた」

「はいはい。ここまで終わったら今日は帰りましょう?」

パソコンから顔も上げず、珪子が私の愚痴を適当に流す。それでも、終わりが見えたので最後の気力で頑張った。

「おわっ、たー!」

「とりあえず、今日までにやらなきゃいけない分がね」

開放感に水を差してくる珪子を睨む。

「……意地悪」

「意地悪じゃないわよ、それともまだやる?」

「……今日はもう、いい」

にっこりと珪子が笑顔を作り、白旗を揚げた。

時刻はすでに九時を回っている。

「うー」

「ほら、さっさと食事して帰るわよ。……って、なにやってんの?」

帰り支度は済んだのに私が携帯を睨んで唸っていて、珪子は怪訝そうだ。

「星司さんから帰り、連絡してって言われたんだけど……」

携帯の画面には昼間のメッセージが表示されていた。既読スルーしたから、そこから気まずい。それに今から星司さんが職場を出たとしても、着くのは二十分後。そのあいだに帰り着く。それに、星司さんだって疲れているはずなので、わざわざ迎えに来てもらうのも悪い。

「へー」

「な、なによ」

珪子が意味深にニヤニヤ笑っていて気持ち悪い。

「連絡、してあげれば？　待ち時間が手持ち無沙汰っていうなら、仕事追加してあげるし」

「……それは遠慮する」

もう、今日は仕事は十分だ。でも、もしかしたら連絡を待っているかもしれないし、連絡だけ入れてひとりで帰るから大丈夫だと伝えればいいか。

「ほら、早く連絡してあげなさいよ」

珪子にせっつかれ、仕方なく携帯に指を走らせる。

【仕事、終わりました。珪子と食事をして帰ります。迎えは不要です】

メッセージになるとなぜかかしこまってしまう。既読もつかないし、もう家に帰ってくつろいでいるのか、それとももしかしたらまだ仕事中なのかもしれない。

「なに食べる？　私は和食が……」

とりあえず連絡は入れたし、会社を出ようとしたら携帯が鳴った。星司さんからだと表示されている。

「はい」

『季里さん？　僕はもう少しかかりますので、食事をしながら待っていてください。終わり次第、迎えに行きます』

「あの。迎えは大丈夫なので。ひとりで帰れるから」

もう帰宅しているならまだしも、まだ仕事中で終わってから迎えに来てもらうなんて申し訳なさすぎる。星司さんだってきっと、夕食を食べていないだろうし。

『妻を迎えに行くのは夫の義務です。だから、気にしないでください。じゃあ、僕はまだ仕事がありますので』

「あ……」

それ以上私になにも言わせず、星司さんは通話を切った。

「なんて？」

興味津々に珪子が聞いてくる。

「仕事終わったら迎えに行くから、食事しながら待っててくれって」

「ふぅん。じゃあ、ごはん食べながら待ってましょ」

いまさらもう断れないし、珪子と一緒に近くにある、お気に入りの定食カフェに入る。仕事の話なんかしながら食べていたら、星司さんから終わったので今から向かうと連絡が入った。それからさらに二十分後、着いたと連絡が入る。

「着いたって」

「そう」

会計を済ませて店を出る。星司さんは近くの駐車場からこちらに向かっているみたいなので、店の前で待った。

「で、なんで珪子も一緒に待つの？」

「だって見たいじゃない、旦那の顔」

しれっと彼女は言い放ったが、すでに結婚式で見ているのだ。なのにいまさら星司さんの顔を見てどうしようと？

「おまたせしました」

五分も待たず、星司さんが姿を現した。

「いつも妻がお世話になっております」

さらに珪子に気づき、彼は頭を下げた。

「いえ、こちらこそ。社長はいろいろあれですが、よろしくお願いします」

わざとらしく珪子が笑い声を上げ、気持ち悪い。

「こちらこそ、よろしくお願いいたします。それでは、これで。季里さん、帰りましょうか」

「あっ、はい。じゃあ珪子、また明日」

「はーい、また明日」

珪子と別れ、星司さんと夜の街を歩く。彼が車道側で私を道端にしてくれた。

「おっと」

人にぶつかりそうになると、さりげなく抱き寄せてくれる。結婚前は私の少し前をただ歩いていただけの人とは別人のようだ。

駐車場に止めてあった車に乗り、帰途に就く。

「星司さんは食事をしたの？」

「いえ、まだです」

短く彼が答え、思わずため息が落ちた。

「季里さん？」

さらにわけがわかっていないようなので、若干苛つく。

「私たちは仮面夫婦だから、妻を迎えに行くのは夫の義務とか気にしなくていいの。それよりも自分を大事にして」

「……はい」

私が怒っていると気づいたのか、さすがに星司さんの声は沈んでいた。

「わざわざ遠回りして送り迎えなんて必要ないし。今日だって真っ直ぐ帰っていれば、もう家で食事ができてた。好きでもない女に、ううん、仮に私が好きだったとしても、そういう無理はしないで。もう星司さんと私は他人じゃないの。もしなにかあったら、悲しいわ」

新婚旅行のあいだに、星司さんのことを知った。友達くらいには思っている。私のせいで無理をさせて、なにかあったら嫌だ。

「……はい」

それっきり、星司さんは黙っている。きっと真面目な彼ならわかってくれたと思う。もしわかってくれなかったのなら、私が彼という人間をまだよく理解していなかったのだろう。

家に帰り着き、そそくさと自分の部屋へ行こうとする。けれど。

「季里さん」

星司さんから声をかけられ、止められた。

「その。今日はすみませんでした。次から気をつけます」

別に詫びてもらう必要はないのだが、融通の利かない彼らしいのでそこはなにも言わないでおく。

「明日からは送り迎えなしで。必要なときはこちらからお願いするわ」

「はい」

あまりに真面目に彼が頷くものだから、ちょっと笑ってしまった。

お風呂上がりに水を飲みにキッチンへ行ったら、ちょうど星司さんが片付けをしているところだった。ちなみに食事は週三回雇っている家政婦さんが作り置きしてくれるようになっている。

「もうおやすみですか」

「うん」

冷蔵庫からスパークリングウォーターの缶を出し、一気に飲み干す。

「星司さんも早く寝てね。……あ。明日は朝食、作らないでいいから」

缶を捨て、振り向きざまに念を押す。

「はい」

了解の返事はもらったが、いつもの無表情ではわかっているのかいないのか判断できない。

「じゃあお先ー。おやすみなさーい」

「季里さん」

ひらひらと手を振りながら寝室へ向かおうとしたら、声をかけられたので足を止めて振り返った。

「なに？」

つかつかと距離を詰めてきて星司さんが私の前に立つ。

「おやすみなさい」

星司さんの手が私の肩に置かれ、なにを、とか思っているあいだに唇が重なった。

「えっ、あっ」

「僕もお風呂に入って寝ます」

取り乱す私を残し、星司さんは何事もなかったかのようにリビングを出ていった。

「……だから。あのキス、なんなのよ」

ひとりになり、膝を抱えてその場に蹲る。きっと意味はない。あれか、星司さんはキス魔なのか。うん、きっとそうだ。

「気にしない！」

吹っ切るように勢いよく立ち上がり、さっさと寝室でベッドに潜り、忘れた。

翌朝も私が起きたときにすでに、星司さんはダイニングでタブレットを見ていた。

「おはようございます、季里さん。朝食、なにがいいですか」

私に気づき、タブレットを置いて彼が顔を上げる。昨日、朝食を作らないでいいと言ったはずなのだ。理解してくれなかったんだろうか。

「だから──」

「僕の分も作るついでなのでわざわざではありません」

私の言葉を封じるかのように星司さんが口を開く。さらに椅子から立ち上がり、促すように置いてあったエプロンを着けた。

「和食洋食、中華がゆ。どれがいいですか」

もう、星司さんは袖を捲り、作る気満々だ。そこまでされて断るのは悪い気がしてくる。

「……じゃあ、中華がゆ。昨日のあれ、美味しかった」

結局、断りきれずにふてくされ気味に返事をした。

「中華がゆですね、わかりました」

早速、彼は準備に入っている。待たせるのも申し訳ないので、私も手早く身支度を済ませよう。

「いただきます」

食卓に着き、できあがっていた中華がゆをいただく。今日は昨日のものと香りが違っている。

「エビ？」

「はい。今日はエビとザーサイです」

「美味しい」

私のひと言で、ようやく星司さんもレンゲを取る。

「中華がゆってこんなに簡単にできるのね。知らなかったな」

あれはお店じゃなきゃ、食べられないものだと思っていた。それが、朝食に出てくるなんて。

「すみません。正直に言えばこれは、中華がゆではなく中華がゆ風です」

「中華がゆ風？」

申し訳なさそうに星司さんが説明してくれたところによると、本来はお米から炊いて一、二時間かかるそうだが、これは炊いてあるご飯を使って時短しているらしい。

「でも、こんなに美味しいんだから満足よ」

別に本物だろうと風《ふう》だろうとかまわない。それに、わざわざ作ってくれたのに、文句を言うのは失礼だ。

「でも。朝食は作らないでいいって言ったよね？」

私が言った途端に、星司さんの手が止まる。

「それなんですが」

星司さんはレンゲを置き、真っ直ぐに私を見た。

「僕は基本、朝食を作って食べます。この習慣を変える気はありません」

「うん？」

彼がなにを言いたいのかわからなくて、首が僅かに傾く。

「それに何度も言いましたが、一人分作るのも二人分作るのも手間は変わりません。だから季里さん」

テーブルに手をつき、ぐいっと星司さんがこちらに身を乗り出してくる。そのせいで心理的にのけぞった。

「僕と一緒に朝食を食べませんか」

レンズの向こうから彼は真剣に私を見ている。本音を言えば、好きな時間に好きなものを食べたい。しかし真顔で迫られたら断りづらくなる。それに、風《ふう》とはいえこんなに美味しい中華がゆを毎朝食べられるのは魅力的だ。

「えっと……平日だけ、なら」

曖昧に笑って答える。これは最大の譲歩だ。休日は起きる時間がまちまちだが、平日はだいたい同じ。ならば朝食に縛られるとか考えなくていいはず。

「わかりました。じゃあ、平日の朝は僕が用意させてもらいます」

「よろしくお願い、します」

なんか変な事態になってきたなという気もするが、これから毎朝美味しい朝食にありつけるというので自分を納得させた。

もう出られる状態でリビングへ行くと、星司さんがソファーから腰を浮かせかけた。

「タクシー、すでに予約してあるの。そろそろ来ると……」

私の言葉を証明するかのように、インターフォンが鳴る。

「はーい！　じゃあ、いってきます」

慌ただしく玄関に向かおうとしたら、なぜか星司さんが目の前に立ち塞がった。

「季里さん」

「な、なに？」

無表情に見下ろされるのは正直、怖い。

「いってらっしゃい」

星司さんの手が肩に置かれる。それを予感し、思わず目を閉じた。彼の唇が触れて、離れる。

「だ、だからキスとか……いってきます！」

文句を言おうとしたが、外で軽くクラクションが鳴らされた。慌てて今度こそ、家を出る。タクシーに乗り、熱い顔を冷ますように窓の外を見た。星司さんは海外勤務の経験もあるみたいだし、もしかしたらあれは挨拶でしかないのかもしれない。いや、きっとそうだ。だから、気にしなくていい。結論が出て、気分は爽快……じゃなく、なんとなくだるいような気がするのは、まだ新婚旅行の疲れが抜けてないのかな……。


その後も微妙なだるさは停滞し続け。

「ねー、五分休憩していい？」

「十分前にもそう言って休憩してたけど？」

「うっ」

珪子から冷ややかな視線を送られ、言葉に詰まる。自分でも休憩が多いと思う。でもなんか、やる気が出ないというか。

「最近、だらしないわよ。どうしたの？」

鋭いツッコミを入れながらも、珪子はコーヒーを淹れてくれた。

「んー、なんか微妙にだるい？　あれかなー、新婚旅行から帰ってきて忙しかったし、疲れが抜けないのかも」

そのせいで味覚障害でも起こしているのか、コーヒーがあまり美味しくない。豆を変えたのかとも思ったけれど、コーヒーショップで買うコーヒーも同じなので違うらしい。

「もー、これからますます忙しくなるんだから、しっかりしてよ！」

「あー、うん」

珪子から背中を思いっきり叩かれ、苦笑いを浮かべる。明日は休みだし、ゆっくり休養を取ろう。

今日は早めに切り上げて帰る。

「ただいまー。……よしっ、いない、いないっと」

家に帰り、星司さんがいないのを確認してほっと息をつく。星司さんにとってキスは挨拶代わりなんだろうが、ここは日本なのだ。好きでもない人間にキスなどしない。一度、抗議したものの。

『季里さんが可愛いのがいけないんです。あまりに可愛いものだから、すぐにキスしたくなります』

と、抗議した端からキスされた。可愛いなど言われても……まあ、多少は嬉しいが、星司さんはいつもどおりの真顔なので本気なのか、それともからかわれているのかまったく判断できない。しかしあまりにキスしてくるものだから、女性に関心がないとは嘘で、女性と遊び回りたいから結婚したくなかったのではないかという疑惑が持ち上がっていた。

先にお風呂に入り、上がったときにちょうど星司さんが帰ってきた。

「ただいま、季里さん」

星司さんが私の前に立ち、キスを警戒して一歩下がるより前に彼の手が頬に触れた。おかげでびくりと足が止まってしまう。ちゅっと軽く唇を重ね、彼は何事もなかったかのように離れた。

「もう食事はしたんですか」

「……まだ」

「よければ一緒に食べませんか。すぐに着替えて準備しますので、ちょっと待っててください」

なにも返せていないうちに星司さんが自分の部屋に消えていく。パタンとドアが閉まり、はぁーっとため息をついた。これは彼にとって挨拶なんだから、慣れればいいだけ。わかっているけれど、ウブな女子高生みたいにドキドキしてしまう。

キッチンへ行き、冷たいスパークリングウォーターを飲んで気持ちを落ち着ける。

そのうち、着替えた星司さんも来た。ちなみに星司さんの部屋着は、カットソーとチノパンだ。私はオーガニックコットンのゆるっとしたワンピースとレギンスが多い。

「なに、食べます？　簡単なものなら、僕が作ってもいいですし」

星司さんが冷蔵庫を開け、保存容器を調理台の上に並べていく。

「あー、さっぱりしたものがいい」

このところのだるさから、こってりしたものは胃にもたれそうだ。

「そうですね……。サラダチキンありますし、温かい中華風の素麺とナスの揚げ浸し、あとは……ああ。梅しそつくねがありますね。これでいいですか」

「うん」

「じゃあ、すぐに準備しますね」

エプロンを着け、星司さんが料理を始める。私は作って……というかほとんど温めるだけだけれど、してもらうほうなので文句は言わない。

「できました」

「ありがとう」

星司さんの声でテーブルに着く。言っていたメニューにあと、ピーマンとちくわのきんぴらがプラスされていた。

「じゃあ、いただきましょうか」

「うん、いただきます」

箸を取り、素麺をひとくち。中華出汁にしょうがが効いていて、食欲をそそる。入っているサラダチキンからも出汁が出ているようだ。胃に優しくて、これならするりと入りそう。星司さんって本当、料理上手。といっても作ったのは素麺だけで、あとは家政婦さんの作り置きだけれど。

「ごちそうさまでした。片付けは私が」

「いいですよ、僕がやります」

てきぱきとお皿を重ね、星司さんが下げてしまう。

「季里さんはゆっくりしていてください」

「……うん」

手持ち無沙汰になってしまい、リビングのソファーに座りクッションを抱いた。星司さんはなにかと、私のお世話をしたがる。朝食は作ってもらうんだから片付けはやると言っても、させてもらえない。お風呂とかも重なると、必ず私に譲ってくれた。至れり尽くせりなのは楽でいいけれど、私たちは互いに干渉しないと決めたのだ。なのにこれはどういう状況なのか理解できない。星司さんの真意を探ろうとするが、いつも真顔なのでなにもわからなかった。

「そういえば季里さん」

ぼーっとテレビを見ていた私の隣に、エプロンを外しながら星司さんが座る。

「もしかして体調、悪いんですか」

つい、その顔を見ていた。レンズの向こうから真剣に、星司さんが私を見ている。

「さっきもですけど、今朝も食があまり進んでないようでした。いつもより少し、元気がないように見えます。体調、悪いんじゃないですか」

「え……」

珪子だって私にやる気がないってだけで、体調が悪いとは気づいていなかった。なのに、星司さんは気づいたというの？

「その。新婚旅行から帰ってきてからこっち、忙しくて。その疲れが抜けないっていうか。でもこの週末にしっかり休めば、取れると思うから」

そのために珪子が、土日を完全オフにしてくれた。ゆっくり休んでまた月曜からバリバリ働いてね、って。

「なら、いいんですが。でも無理は禁物です。あまりに長引くようなら、病院へ行ってください」

「……はい」

いくら無表情の星司さんでも、これは心配しているとすぐにわかった。もしかしたらちょっと、怒っているのかも。星司さんに自分を大事にしろと言いながら、自分がおざなりになっていたのを実感した。これからは無理をしないように気をつけよう。

土日はしっかり休み、月曜日からは万全……の、はずだった。

「うー。五分休憩したら、ダメ?」

「って、十分前にもそう言って休んだけど?」

呆れ気味に珪子がため息をつく。相変わらず疲労は停滞していた。もしかして病気なんじゃゃ。そんな疑問が頭をもたげてくる。そんな私を嘲笑うかのように、さらなる疑惑が持ち上がってきた。

「コーヒー淹れてあげるから、それ飲んだら再開ね」

「ありがと、珪子」

珪子が部屋を出ていき、携帯を手に取る。そこには星司さんからメッセージが届いていた。

【週末から季里さんも観たと言っていたあの映画、続編が公開されるんでよかったら一緒に行きませんか】

眼鏡男子のスタンプと一緒に送られてきたそれを見てため息が出る。星司さんはなにかと毎日、こうやってお誘いのメッセージを送ってきた。一度、言ったのだ、私たちは互いの行動に干渉しないと決めて結婚したのだから、誘われても行かないと。なのにそれはスルーされたのか、それからも変わらずに送ってくる。私のほうも既読スルーだけれど。それに今、嫌な問題に直面しているので、これ以上私を悩ませないでほしい。

メッセージアプリを閉じて体調管理アプリを立ち上げ、通知を確認した。そこにはあれが始まる頃だと書いてある。もう、予定日から三日過ぎていた。私は規則正しくあるほうなので、三日遅れでもおかしい。いや、でも、身体を重ねたのはあの一回だけだし、まさか。必死に何度も否定した。けれど調べれば調べるほど、妊娠初期症状に今の私は似ている。

「はい」

「ありがとう」

戻ってきた珪子が目の前にコーヒーを置く。もしそうだとしたら、コーヒーを飲むのはマズいんじゃないか。そんな考えが頭を掠めていく。いや、でも、そんなはずないし。自分に言い聞かせてカップを手に取った。

「ううっ……」

朝、起きながら身体が重い。あれからさらに一週間が過ぎたが、いまだに月のものは始まらない。身体の不調も停滞中だ。……もし、本当に妊娠していたら？　そう考えると怖くて堪らない。仕事が大事な時期の今、妊娠は痛い。それ以上に、星司さんの反応が怖かった。私たちの結婚は互いの両親からの見合い攻撃を避け、自由に過ごすための愛のないものだ。なのに子供なんて迷惑がられるに決まっている。

「……堕ろそうかな」

そっと自分のお腹に触れてみる。なんの感触もないが、ここには小さな命が宿っているかもしれないのだ。しかもこうなったのは私が辰巳を忘れられなくてヤケになって星司さんに身を任せたからで、この子に罪はない。そう考えると決断できなかった。

朝食を食べながら、私の前に座る星司さんをちらり。私の体調の悪さが長引いていると知っているのか、最近は中華がゆの朝食が続いていた。もし、妊娠したと知ったら、彼はどうするんだろうか。

「……星司さん」

「はい」

私を見る彼の顔からはなんの感情もうかがえない。それを見て、急に怖くなった。

「……なんでもない」

曖昧に笑って誤魔化す。

「なら、いいですが」

星司さんは納得したようで、食事を再開した。まだそうと決まったわけじゃないし、きっと私の勘違い。そう、思っていたんだけれど……。

今日もいつもどおり出勤し、仕事をこなす。

「ねえ」

「なに？」

ほうじ茶を飲みつつ書類を確認していたら、珪子から声をかけられた。コーヒーは最近、胃が荒れ気味だからと避けてもらっていた。

「生理、きた？」

ド直球な問いに思わず、お茶を噴き出しそうになった。どうにか耐えたものの、おかげで盛大にむせてしまう。

「えっ、は？」

「だってさ、もう予定から一週間以上過ぎてるじゃない？　だいたい、二日目と三日目の季里は使いものにならないから、そのつもりで予定組んでるし。なのに今月は気配がないなーって」

手帳を見ながら珪子は、指折り確認している。

「……使いものにならない」

それは酷い言い草だが、確かに腹痛が酷くて痛み止めを飲んでかろうじて動いている状態なので、なにも言い返せない。

「まさか、ねぇ」

すーっと珪子の目が細くなり、疑惑の眼差しで私を見る。

「ま、まさか」

その視線にだらだらと嫌な汗をかいた。しかしいつまでも隠し通せるわけでもなく、それにそうなれば彼女にだって関係してくる。

「そうよねぇ、処女なのに妊娠とか、聖母マリアでもなければありえないし」

「……妊娠、した……かも」

「は？」

私の思いがけない告白に、珪子が固まった。

「えーっと、ちょっと待って。旦那と、……したの？」

それに黙って、こくりと大きく頷く。途端に彼女の口から、大きなため息が落ちていった。

「あのさー」

彼女の顔が上がり、瞬間ビシッと姿勢を正していた。

「一応は夫婦なんだから、そういうのには口を出さない。でも、この大事な時期に、避妊もしないでするなんてバカなの？」

珪子の言葉はもっともすぎて、身を小さく縮こまらせた。いくら記憶をなくすほど酔っていたからといって、そんなことにも気を回せなかった自分が嫌になる。

「けど、だから堕ろせとか無責任なことは言えない。とりあえず、旦那とよく話しなさいよ」

「……うん」

珪子は呆れてはいるが、怒ってはない。それで少し、肩の荷が下りた。

「でも、まだ確定したわけじゃないし……」

「なあに、まだ確かめてないの？　ちょっと待ってて」

携帯を掴んで珪子が出ていく。ひとりになり、すっかり冷めてしまったお茶を飲んだ。もっと盛大に怒られて、今すぐ堕ろせとか言われるんじゃないかと思っていた。星司さんもだけれど、珪子の反応も気になっていたのでよかった。

「ほら、これで確認して。もう結果、出ると思うし」

少しして帰ってきた珪子が私の手の上に小さな紙袋をのせる。開けてみると検査キットが入っていた。

「うん」

それを手に、トイレに向かう。新生活のストレスで遅れているだけとかであってほしい。祈る思いで結果が浮き出るのを待ったが、見事に陽性反応だった。

「どうだった？」

そわそわとしている珪子に無言で検査キットを渡す。

「ん、わかった。産むときは言って。最大限、サポートするから」

「ありがと、珪子」

やっぱり、持つべきものは友だと思う。珪子の言葉に後押しされ、星司さんに話す勇気が出た。


そわそわと星司さんの帰りを待つ。今日は終わったと連絡をもらったのが私が会社を出るのと同じくらいだったから、もう帰ってくるはず。

「季里さん、ただいま」

帰ってきた星司さんがいつものように私にキスする。最近は多少慣れて、比較的平気になってきた。

「食事、まだですよね。すぐに準備しますから……」

「……待って」

リビングを出ていこうとする彼を止めた。それでも顔は見られずに、ちょんとジャケットの裾を摘まむ。

「先に、話があるの」

「わかりました」

私の様子がおかしいと気づいたのか、星司さんは神妙に頷いた。

ソファーに並んで座ったものの、どう切り出していいのかわからない。それに真顔の星司さんを見ていたら、怖くなってきた。

「もしかして悪い病気が見つかったんですか」

いつまでも私がなにも言わないものだから、彼が先に口を開く。私を見る、レンズの奥の目は、心配しているように見えた。体調の悪い私に病院に行くように勧め、気遣ってくれた。そんな優しい彼が、乱暴に迷惑だ、堕ろせなんて言うはずがない。そう自分に言い聞かせ、顔を上げて真っ直ぐに彼を見る。

「違うの。子供ができた」

その瞬間、星司さんが息を呑んだのがわかった。

「……ら、どうする？」

それでまた急に怖くなって、結局誤魔化した。

「できたんですか」

私の肩を掴んだ、星司さんの手が痛い。

「もしもの話だよ」

「そうですね」

それっきり、星司さんは考え込んでしまった。こんなに考えるなんて、やはり迷惑だったのでは。それに、子供は欲しくないと前に言っていた。後ろ向きな考えがまた、頭をもたげてくる。

「産んでほしいです」

けれど星司さんはちっとも嬉しそうじゃなくて、その意図を図りかねる。

「夫婦には子供がいないとおかしいから、とかいう理由？　そんな理由だったら子供が可哀想よ」

「違います」

速攻でそれは否定され、ほっとした。

「それに産んでほしいとか簡単に言うけど、産むのは私なのよ？　お産はきっと大変だし、仕事も犠牲にしなきゃならない。それでも、産んでほしいなんて言うの？」

産むのは女の仕事だから自分は関係ないというスタンスだったら、幻滅する。もしそうなら、離婚も考えたい。

「それでも僕は、産んでほしいです」

ただ、産んでほしいと繰り返す彼に、次第に苛ついていく。

「今は仕事が大事な時期なの。産むだけでも大変なのに、そのあとの子育てだってある。なのに妊娠なんて……！」

なんで私は妊娠なんてしたんだろう？　あの日、軽率だった自分に腹が立つ。珪子が最大限サポートしてくれると言っても、限界がある。今までどおり働けるようになるまで、どれくらいかかるんだろうか。そのあいだ、会社は？　これから誰もが知る会社に育てていこうと珪子と熱く語り合ったのは、結婚するほんの少し前の話だ。それが、こんなことになるなんて。

「季里さん？」

心配そうに顔をのぞき込まれ、我に返る。

「あ、……ごめん」

さすがに、感情的になりすぎて悪かったと反省した。

「その。もしもの話だったんではないですか」

「そう、だね。もしもの話だよ」

曖昧に笑ってまた誤魔化す。私の気持ちが決まるまで、彼には知られたくない。

「あの。もし、今、季里さんが妊娠したと仮定して」

「うん？」

唐突に星司さんは話し出したが、なにが言いたいのかわからない。

「それは結婚式の夜、きちんとしなかった僕の責任です。季里さんが大事な時期だと知っていたのに、こんなことになってしまい……って、仮定の話ですが、謝ります。もし、季里さんが堕ろしたいというのなら、反対はしません。その際の苦痛を肩代わりできませんので、代わりに気の済むまで僕を殴ってくれていいです」

「殴るって……」

この人は本気なんだろうかと顔をうかがうが、星司さんは真剣だった。

「その上でお願いします。僕は季里さんに、僕との子供を産んでほしいです。僕にできることならなんだってします。妊娠、出産は代われませんが、僕が銀行を辞めて子育てをしてもいい。いや、今すぐ仕事を辞めて、全面的に季里さんをバックアップします」

星司さんの目が私を捕らえる。強い意志で光る目に、視線は逸らせない。

「だから、安心して子供を産んでください」

力強く彼が言い切る。星司さんがここまで考えてくれるなんて思わなかった。おかげで、不安な気持ちが一気に晴れていく。

「ありがとう、星司さん。でも、お仕事辞めてどうするの？ もしかして私が星司さんを養うの？」

我ながら意地悪な質問だとは思う。でも、ここまで彼が尽くしてくれるのなら、それも悪くない。

「それは大丈夫です。給与以外の収入もそれなりにありますから」

くいっと眼鏡を上げた星司さんはなんか得意げで、ちょっとおかしくなってきた。

「ひとつだけ、確認していい？」

「はい」

レンズ越しに、真っ直ぐその黒い瞳を見つめる。

「星司さんは子供ができたら、嬉しい？」

こんなに私をサポートするという彼が、喜んでいないなんてことはないと思う。でも、その口からはっきりと聞きたかった。

「はい、とても嬉しいです」

証明するかのように、私の手を星司さんがぎゅっと握る。それで、決心がついた。

「……うん。決めた。私、この子を産むよ」

そっとまだなんの感触もない下腹部を撫でる。星司さんの言葉で迷いは吹っ切れた。きっと彼なら、妊娠も出産も、その先の子育てだって最大限サポートしてくれる。

「やっぱり、妊娠していたんですね」

星司さんの手が、お腹を撫でる私の手に重なった。

「気づいてたの？」

「途中から。でも、本当にすみません。僕の身勝手のせいで」

再び星司さんが頭を下げる。それにううんと首を横に振った。

「私も悪かったと思うし。それより仕事、辞めなくていいからね？」

気持ちは嬉しいが、仕事を辞めて全面バックアップはさすがにやりすぎだ。

「それでは僕の気持ちが……」

「ああもうっ！」

星司さんの顔を両手で挟んで軽くパチンと叩く。彼は驚いているように見えた。

「これは、お互い様なの。助けてほしいときはちゃんと言うわ。それで、今まで以上に気遣ってくれると嬉しい。これで大丈夫だから」

にっこりと笑顔を作り、彼の顔を見る。

「季里さんがそう言うのなら……」

渋々ながら承知してくれてほっとした。星司さんは言い出したらなかなか聞かない。まだ少しの付き合いだが、もう知っている。でも、こういうのは今後、子供のためにもう少し譲ってくれると嬉しいな。

第四章　ままならない身体

「季里さん。病院の件なんですが」

今日も向かいあって、星司さんの作ってくれた朝食を食べる。

「あとで家のほうから連絡を入れてもらって、かかりつけの病院に行こうと思ってるけど……」

昨晩、早めに病院へ行って診断してもらったほうがいいと星司さんに勧められ、早速今日行こうと都合をつけた。うちには代々かかりつけの総合病院がある。あそこならよく知っているし、安心だ。

「もうすでに予約は取ってあるので、そちらにしてください」

「はぁ……」

勝手に変更され、しかも命令されてむっとした。しかしいつも私の意見を尊重してくれる星司さんにしては珍しいし、それに寝不足なのか目の下にうっすらとクマができているのも気にかかる。

「わかった」

きっとなにか理由があるのだろうと、それに従おうと決めた。

病院へはひとりで行くつもりだったが、星司さんもついてくるという。

「え、でもこれくらい、ひとりで大丈夫だし……」

なにか大病の診断を聞きに行くわけでもない。付き添いなんて大袈裟だ。

「大事な季里さんと子供のことです。僕もいろいろ聞いておきたいですから」

しかし星司さんは真面目に頷いている。

「えっと……。お仕事はいいの？」

こんな理由で休みを取ったら、普通の会社なら上司から怒られそうだ。でも、もしうちの会社の男性社員が同じ理由で休暇申請を出したら、ふたつ返事で通しちゃうけれど。

「僕はあまり休みを取らないので、有給が溜まっているんですよ。父経由で上司からもっと休みを取るようによく注意されます。なので、休んだほうが上司も喜びますから大丈夫です」

「はぁ……」

これはよかったと言うべきなのか？　でも、休みを取らないのは納得だ。前は女性慣れしているみたいだし、実は遊んでいるのでは？　なんて疑っていたが、しばらく一緒に生活していてないなと気づいた。家では互いに自室で過ごすことが多いが、たまにリビングにいるなと思ったら一心不乱に分厚い洋書を読んでいる。私は大画面がよくて映画を観たり、広い空間が欲しくてヨガをしたりするが、星司さんは洋書を読んでいる姿しか見たことがない。どうも、仕事とそれ以外、趣味がないようだ。父のように他の女のにおいをつけて帰ってくるとかも当然、ない。なので、滅多に休みを取らないというのも納得だし、女性に興味がないというのも納得だ。

星司さんの運転で病院へと向かう。着いたのは家からほど近いところにある、大きな病院だった。

「ここ……」

受付を済ませたそこは、他の科もあるが産婦人科と小児科がメインのようだった。そのせいか、ロビーにいるのは女性の割合が高い。

「僕が調べた中で、産科の評判が高く家から近いのがここでした。小児科の評判も高いです」

もしかしてこれを調べていて、昨晩は遅くまで起きていた……？

「ここなら安心して、季里さんと子供を預けられます」

星司さんが下がってもいない眼鏡を上げる。その弦のかかる耳先が、赤く染まっているのに気づいた。もしかして、照れている？　星司さんでも照れるんだ、なんてきゅんとした。ん？　きゅん？　いやいや、私が好きなのは辰巳なんだから、星司さんにときめくとかあるはずがない。きっとこれは、気のせいだ。

無事にというのもなんだが、五週目だと診断された。嬉しいというよりも私の中に小さな命がいるなんて、不思議な気分だ。

「僕は季里さんを送ってから仕事へ行きますが、季里さんは？」

来るときも思ったが、帰りはさらに安全運転に感じるのは気のせいだろうか。

「会社に送ってもらえる？　今後について話し合わなきゃいけないし」

「わかりました」

星司さんが会社へと車を向けてくれる。これからなにができてなにができないのか、まったくの未知数だ。特に頑張らなきゃいけない今、というのがつらい。でも、産むと決めたからにはもう、後悔はしない。

「これからは帰る時間がわかったら連絡ください。迎えに行きます」

「だからー、そういうのはいいって」

前にそういう無理をするより自分を大事にしろと言って、わかってくれたのだと思っていた。もしかしてずっと、不満に思っていたのだろうか。

「季里さんは僕の子供を妊娠しています。そんな人を大事にするなというほうが無理です」

どんな顔をしてこんな台詞を言うのだろうと星司さんの顔を見たら、ちょうど眼鏡を上げたところだった。真っ直ぐに前を見る顔は相変わらず無表情で、なにを考えているのかわからない。

「それに季里さんだって今から、妊娠、出産と無理をするのです。僕だって無理をしないとフェアじゃないでしょう?」

冗談としか思えない内容だが、真面目に言われるとそのとおりな気がしてくるから不思議だ。

「わかった。でも本当に、無茶な無理はしないでね。あなたにもし、なにかあったら困るんだから。ねえ、お、と、う、さ、ん?」

わざとひと文字ずつ区切り、にっこりと笑いかける。

「……わかりました」

頷いた星司さんは珍しく、少し赤くなっている気がした。

翌日は休みだったので、星司さんと一緒に両方の実家へ報告に行った。星司さんのご両親も喜んでくれたし、もちろん私の両親も。──さらに。

「あの小さかった季里お嬢様が、とうとう母親ですか……！」

私の手を取り、辰巳は涙ぐんでいる。彼の中で私はいつまでも小さな子供で、一人前の女性としてすら見てもらえていなかったのだと自覚した。

「ヤダ辰巳、私だっていつまでも子供じゃないのよ？」

彼に冗談めかして返しながら、小さな違和感を覚えた。もしかしたら自分以外の男とのあいだに子供を作って、などと辰巳が嫉妬してくれるんじゃないかと期待していなかったといえば嘘になる。でも、今、純粋に喜ばれても胸は痛まない。それどころか多少嬉しいくらいだ。これってどういうことなんだろう……？

「改めて季里お嬢様をよろしくお願いします」

辰巳が星司さんに頭を下げる。それはまるで父親のようで、……父親？　そこでなにかが、引っかかった。

「はい。僕の命にかけて、季里さんとお腹の子を大事にします」

星司さんが頭を下げ返す。命にかけてって、愛してもいない女に大袈裟だ。しかし彼は大真面目だった。きっと融通の利かない彼のことだ、頼まれた義務と自分の子供だという責任感でそんなふうに思っているのだろう。

「季里さんの好きな人って、もしかして辰巳さんですか」

帰りの車の中、星司さんに聞かれてぎくしゃくと彼の顔を見る。

「……どうしてそう思うの？」

「なんとなく、そんな気がしただけです」

真っ直ぐ前を見て運転している彼は、いつもと同じく真顔だった。星司さんだって私が辰巳を好きだと気づいている。それなのに当の辰巳が本気にしてくれないのはなんでなんだろう。

「そうね、私は辰巳が好きよ。小さい頃から世話をしてくれて、尊敬してるし、慕ってる。悪い？」

そうだ、私は辰巳が好きなのだ。さっき、気持ちが揺らいだのはきっと気のせい。

「いえ、別に」

短い返事は酷く素っ気なかった。いや、星司さんならこれがいつもどおりのはずなのだ。なのにどうしてか突き放された気がして、胸の奥を錐で刺されたかのように鋭く痛んだ。


月曜日。いつものように仕事をしながら、つい週末の出来事を珪子に愚痴っていた。

「妊娠したーって言ったら辰巳、すっごい喜んでくれて。喜んでくれるのは嬉しいけど、それより他に言うことはないのかなーって」

「あるわけないでしょ」

冷たい返事につい、唇を尖らせてしまう。それでも視線は手もとの書類から逸らさない。

「もう旦那の子を妊娠したんだし、いい加減辰巳さん離れしたら？」

「……ヤダ」

ふてくされたら呆れ気味に珪子にため息をつかれ、ますますいじけた。

「でもさ、悲しくなるどころか、喜んでくれてちょっと嬉しかったんだよね。なんでだろ？」

はぁーっとまた珪子が大きなため息をつき、思わず顔を上げていた。

「これだから恋愛偏差値の低いお子ちゃまは」

「うっさい」

確かに恋愛経験は少ない……辰巳をカウントしなければ皆無だが、それでもこれは酷い。

「現実見ろって言ってんの。そうじゃないと旦那が可哀想」

「現実……」

とはいったい、なんなんだろう。辰巳に妊娠を祝われたのより、星司さんの素っ気ない態度がつらかったのとか？　でもあれは誰だって、あんな態度を取られたら嫌な気持ちになると思う。だいたい、なんで星司さんが可哀想なんだ？

「まー、いいわ。そろそろお昼にしましょう？　今日はどうする？」

まだ釈然としないが、考えても仕方ないし気持ちを切り替えた。

「あー……食欲、なくて」

曖昧に笑って答える。出社してからずっと、微妙にムカムカしていた。我慢、というか集中していれば忘れていられる程度。それでも食事をする気にはなれない。

「大丈夫？　大事な身体なんだから無理しないでよ？」

心配そうに珪子が眉根を寄せる。

「ありがとう。なんか変なものでも食べたのかな、ちょっと胃がムカついて」

「わかった。ゼリーかなんか、胃に優しいもの買ってきてあげる。それとも欲しいもの、ある？」

「ううん、ごめんね」

携帯を持ち、珪子は部屋を出ていった。

「あーもー」

この気持ち悪さはなんなんだろう。もしかしてこれが……つわり？　まさか、これがずっと続くんだろうか……。だとしたら、やだなー。


私の心配を嘲笑うかのごとく、つわりは酷くなっていった。

「今回の製品は贅沢な気分が味わえるよう、ローズの香りを配合しました」

新製品の試作品が完成し、会議が行われる。当然、いくつものテスターが並べられ、部屋中には百貨店の化粧品売り場のようににおいが充満していた。

……うっ。気持ち悪い……。

今までこれは私にとって、気持ちの安らぐ香りだった。それが、こんなに私を悩ませるなんて思わない。

「社長、どうかしましたか？」

「えっ、あっ」

社員から声をかけられて、我に返る。あまりの気持ちの悪さに、意識が遠くなっていた。

「……ごめん、ちょっと無理」

それだけ言い、よろよろと立ち上がる。走って出ていきたいところだが、その気力すらない。

「大丈夫ですか、社長」

「大丈夫。ごめん、報告はあとで聞くから」

心配する社員たちをよそに、部屋を出る。最後の気力を振り絞って、どうにか社長室まで戻った。

「どうしたの？　随分戻りが早いけど？」

「ぎもぢわるい」

怪訝そうな珪子を無視して、ソファーに倒れ込んだ。いくら呼吸しようと鼻の奥からにおいが取れない。もっとも、この部屋だって少なからず化粧品のにおいがするから、無駄なんだけれど。

「はい」

「……ありがとう」

薄目を開けたら、珪子が水のペットボトルを差し出してくれていた。重い身体を起こして蓋を開けようとするが、上手く力が入らない。そのうち、見かねた珪子が開けてくれた。

「しばらく休んでていいから」

「……ごめん、迷惑かけて」

冷たい水を飲んだら少し落ち着いた。それでもムカつきは完全には直らず、いっそこの部屋の空気を全部入れ換えたいくらいだ。

珪子は私が休みやすいように、ひとりにしてくれた。こういう気が利くところも、本当にいい秘書だと思う。うとうとでもできれば少しは気分も治りそうだが、ムカつきが酷くてそれすらままならない。

「気分、どう？　午後から新規取引先の訪問予定入ってるけど」

「……無理」

目はつぶったまま、かろうじてそれだけを絞り出す。懇意にしている取引先が紹介してくれたところだから、先方の顔を立てるためにも行かなければいけないのはわかっているが、この調子ではただ座っているだけでも無理そうだ。自分の身体なのにままならなくてもどかしい。

「わかった、キャンセルしとく」

「……ごめん、迷惑かけて」

「あのねぇ」

すぐに珪子の、怒りのこもった声が聞こえてくる。つわりが酷くてまともに仕事ができない私を怒っているんだろうか。そうだよね、大事な時期なのになにも考えずに妊娠なんかして。申し訳なくて、身体を小さく丸めた。

「迷惑かけられるなんて、百も承知なの。それに迷惑だなんて全然思ってない。あんたは無事に、元気な赤ちゃんを産むのが今一番の仕事なんだから、それだけ考えてなさい」

「いたっ」

軽く頭を叩かれ、目を開ける。珪子は呆れたように笑っていた。それを見て、鼻の奥がじんと熱を帯びてくる。

「……うん。ありがとう」

「わかればいいのよ、わかれば」

ほんのりと頬を赤く染め、珪子は照れている。やはり珪子はいい秘書……親友だ。

そのまま、珪子の言葉に甘えて寝ていた。

「季里ー、お迎えが来たわよー」

「……お迎え？」

言われた意味がわからず、もそもそと起き上がる。

「季里さん、大丈夫ですか!?」

「え……」

そこにはなぜか星司さんが立っていて、わけがわからない。それに階段でも駆け上がってきたのか、髪は乱れているし、息も上がっている。

「なんで、星司さんが？」

「私が連絡したの。今日はもういいから、さっさと帰りな？」

いつの間にふたりは連絡先を交換したんだろう？　それよりも、まだ星司さんは仕事中のはずだ。なのになんで、ここに？

「仕事は？」

「ほら、いいからさっさと帰る！」

私の疑問を遮るように珪子が追い立てる。

「立てますか？」

「あ、うん……」

ソファーから立ち上がる私にさりげなく手を貸し、星司さんがそっと支えてくれる。

「明日も具合悪いんだったら、無理に出社しなくていいから。じゃあねー」

「わかった、ありがとう」

ひらひらと手を振る珪子に見送られ、社長室を出た。地下駐車場へ向かうエレベーターの中でじっと星司さんの顔を見上げるが、いつもどおりの真顔でなにを考えているのかわからない。

「具合はどうですか？」

星司さんの今日の運転は、いつも以上に慎重に思えた。

「少し、マシになったかな」

相変わらず吐き気はするが、座っていられないほどではない。珪子が休ませてくれたおかげだ。

「星司さんは仕事、よかったの？」

「午後休を取りました。それに、家からでも仕事はできますから」

彼はなんでもない顔をしているが、本当にこれくらいで休ませてよかったんだろうかと申し訳なくなってくる。

「前にも言いましたけど、僕は休みを取らないので有給が溜まっているんです。こうやって取ったほうが上司が喜びます」

私が不安な顔をしているのに気づいたのか、彼はフォローしてきた。上司が喜ぶのなら、いいのかな……？

「それに季里さんのためなら、僕はなんだってします」

下がってもいないのに彼が眼鏡を上げる。〝なんだってする〟とは、まるで愛されているかのようでドキッとした。しかしすぐに、自分の子供を妊娠しているから大事にしたいだけだと気づき、冷静になった。

ガレージから部屋までの僅かな距離も、星司さんは私を気遣って歩いてくれた。

「まだ顔色が悪いです、横になっていてください」

「……そう、する」

私を自室へ連れていき、星司さんは部屋を出ていった。着替え終わった頃、ドアがノックされて再び彼が顔を出す。

「水、飲みますか」

「ありがとう」

目の前で蓋を緩め、ペットボトルを渡してくれた。少し飲んで、ベッドで横になる。

「なにか欲しいものがあったら言ってください」

「……うん」

枕元に座った星司さんの手が、私の目を閉じさせる。そのままその手は、ゆっくりと私の髪を撫でた。それが心地よくて、次第に眠りへと落ちていく。

「ゆっくり休んでください、僕の大事な季里さん」

額に落ちた優しい口付けを最後に、意識は帳の向こうへ閉ざされた。


目が覚めたときには部屋の中は暗くなっていた。

「よく寝た……」

あれほど悪かった具合は、すっかりよくなった。これから会社にいるだけであのムカつきに悩まされるだと思うと気が重い。しかし、耐えるしかないのだ。

飲んでしまって空になったペットボトルを捨てにキッチンへ行ったら、星司さんがいた。

「具合はどうですか」

「だいぶよくなったよ」

まだ星司さんは心配そうなので、明るく笑い返す。

「食欲はありますか？　お昼、食べてないんでしょう？」

「あー……。お腹、空いた、かも」

ムカつきで食欲なんかなかったが、治まると空腹を感じた。それに、赤ちゃんのためにもなにか入れておきたい。

「ちょっと待っててくださいね。すぐ用意しますから」

「お願い、します」

星司さんに準備を任せ、私はソファーに収まる。キッチンで調理をしている彼を見ながら、そういえば彼から香水のにおいがしないのに気づいた。いつも星司さんは上品に、ムスク系の香りを纏っている。それがしないのって……もしかして私に、気を遣ってくれている？　そう考えるとちょっと、嬉しくなった。

「できました」

「ありがとう」

お礼を言って食卓に着く。私のほうにだけメインに、赤いスープらしきものが置いてあった。

「母が僕を妊娠中、つわりでつらいときによく食べたトマトスープのレシピを教えてもらいました。これなら、季里さんも食べられるかと思って」

私が不思議そうな顔をしていたからか、星司さんが説明してくれる。眼鏡を上げた彼の、耳の先は赤くなっていた。このあいだもそうだったし、もしかしてあれは彼が照れているときの癖なんだろうか。

「あ、ありがとう」

おかげで、私もほのかに頬に熱を持っていく。それに、こうやって気遣ってくれるのは嬉しい。

「いただきます」

スプーンを手にひとくち。

「美味しい……！」

それは妊婦に向いたレシピだからか、それとも星司さんの優しさが込められているからか、とても美味しかった。


自分の身体と相談しながら、毎日を過ごす。星司さんが珪子に相談してくれたのか、社長室には空気清浄機が導入された。さらに珪子も最近、香水をつけていない。

「ごめんねー、気を遣わせて」

「いいのよ、しばらくの辛抱だし。それよりその肌。なんとかならないの？」

私の顔を見て、不満そうに珪子の眉間に皺が寄る。ほぼすっぴんの私の顔には吹き出物がいくつもでき、ガサガサだった。化粧品会社の社長に、あるまじき肌だと自分でもわかっている。

「なんかさ、どれ使ってもまけるのよ……」

はぁーっと私の口から、物憂げなため息が落ちていく。お気に入りのスペシャリティな化粧品がにおいがダメで使えなくなっていたのはショックだったが、それ以上にいくら丹念にお手入れをしようと、化粧品にまけてしまうのが今一番の悩みの種だった。

「妊娠して体質変わって、敏感になってるのかな……」

またも私の口からため息が落ちる。体調が悪くて塞ぎがちな気分を好きな化粧で紛らわそうにも、それすらままならなくてつらい。

「よしっ、敏感な妊婦さんの肌にあった、お化粧品を開発するぞ！」

「うん、季里のそういう、前向きなところが好きよ。でも」

一度言葉を切り、冷ややかな視線を珪子が送ってくる。

「今すぐその顔、どうにかしな。他社製品を使うもの仕方ないでしょ」

「あいたっ」

ぺしっと額を叩かれ、小さく悲鳴が出る。

「そうだね。それに、それも商品研究の一環だしね！」

今までままならない自分の体調に苛々していたが、これでやる気が出てきた。これからは頑張れそう、かな？

仕事が終わり、星司さんの迎えで家に帰る。妊娠が確定してから、接待などでよっぽど帰れないときを除き、彼は必ず私を迎えに来た。前みたいに具合が悪くなったときも、早退してわざわざ来てくれる。大事にはされているんだと思う。けれど、好きでもない女にそこまで尽くさせていいのかと心苦しくもある。

お風呂から上がり、お肌のお手入れはどうしようかと悩んでいたら、ドアがノックされた。

「はい」

開けると当然、星司さんが立っている。

「これを」

持っていた紙袋を差し出されたので、受け取った。

「その。珪子さんから季里さんが、肌荒れに悩んでいると聞いて」

星司さんが説明を始めたのはいいが、いったいこのふたりは私のいないところで、なんの情報交換をしているんだ？

「職場の女性たちに聞いて、オススメの化粧品とか薬とか買ってきました」

無言で袋の中を見る。そこにはその言葉どおり、化粧品や薬がたくさん入っていた。

これを、星司さんが？

「あっ、でも、季里さんにこんなもの、差し出がましかったですよね」

私が黙っているから怒っていると思ったのか、星司さんが慌てて回収しようとしてくる。それを、身を捩って阻止した。

「星司さんが直接、女性たちに聞いたの？」

「はい、そうですが」

たぶん今と同じく真顔で、「妻が肌荒れに悩んでいて、オススメの化粧品などありますか」とか聞いたんだろうな。私がその女性だったら、なにを聞かれているのか悩みそうだ。

「それでもしかして、星司さんがお店に行って買ったの？」

「はい、そうですが」

さも当然のように肯定の返事が出てきて驚いた。きっと買ってきてもらったんだろうなと予想していた。まさか、自分で買ってきたなんて思わない。売り場でどれか悩み、やはり真顔で店員に尋ねている星司さんを想像したら、おかしくなってくる。

「……なに、笑ってるんですか」

「え、いや、……ごめん」

私が笑いだし、珍しく星司さんは少し不服そうだ。

「ありがとう、使ってみるね」

気を取り直し、彼の顔を見上げてお礼を言う。まさか、ここまで気遣ってくれるなんて思わなかった。

「いえ、僕は別に。じゃあ、おやすみなさい」

身を屈めた彼が、私の額に口付けを落とす。ここのところずっと、唇ではなく額なのは、もしかしてよく吐き気のある私を思い遣ってくれているのかと気づいた。そういう優しいところは、いいなと思う。

「さて。どれから使ってみようかなー」

ひとりになって鏡台に向かう。買ってきてくれたのは全部、無香料のタイプだった。

「これで改善されるといいなー」

まだ使ったばかりだというのに、星司さんの優しさのおかげですでに綺麗な肌になった気がした。


フェレフェレさんにうちの商品を納め始めてひと月。今日は新製品の案内で、社長と会っていた。

「jolìesseさんの商品、人気ですよ。あのパッケージは目を引きますからね」

「ありがとうございます」

私よりもかなり年上……といっても、母よりはまだ若い女性社長に褒められ、嬉しくなる。商品パッケージには拘っていて、私の思い描くイメージを越える、デザインのできる人をとにかく探した。商品開発でこれが一番苦労したといっても過言ではない。そのおかげで我が社の商品は可憐な花が咲き、うさぎや猫が遊ぶ、可愛らしいものになっている。

「それで、来シーズンから展開予定の商品なんですが……」

合図を受け、珪子がテーブルの上に商品を並べていく。

「週末のスペシャルケア用になります」

「ほほー」

早速、社長が見本を開けようとしたが。

「申し訳ありませんが、あとで試していただけますか」

珪子がそれを、制止する。

「え？　今、ダメなんですか？」

社長は不満そうだが、それも当たり前だろう。

「いえ、けっこうです。どうぞ、試してみてください」

それににっこりと笑顔を作り、促す。

「じゃあ、早速」

社長が見本を開け、化粧品のにおいが漂い出す。化粧品のにおいがとにかくダメなので、最近は極力営業には社員に行ってもらうようにしていた。しかし、フェレフェレさんを始め大手取引先はそういうわけにはいかない。私が無理をしているのを知っているから珪子は先ほど社長にあとでと止めてくれたが、その場で使ってもらわないとわからない。

「スペシャルケア用とあって、お肌がしっとりもちもちしますね。五歳くらい若返ったみたいです。香りもいいですね」

見本の使用感に大満足の社長とは反対に、私は気持ちの悪さと戦っていた。

「深海社長?」

「えっ、あっ、はい。肌への浸透力を考えてですね……」

怪訝そうな社長の呼びかけに慌てて笑顔で答える。ヤバい、意識が遠くなりかけていた……。

「いいですね、これ。会議にかけないと返事はできませんが、前向きに検討させてもらいます」

「ありがとうございます」

社長の一存で決められないのはわかっている。それでも、いい感触が得られたので無理してでも来てよかった。

「ついでに店頭も見ていかれるでしょう？」

これでやっと帰れる、なんてほっとした私が浅はかだった。

「あっ、そう、……ですね」

勧められて断れるはずがない。そのまま少し歩いて、会社隣の店舗へと移動する。さっきも耐えられたし、たぶん大丈夫……などと考えていた私を、さらなる悲劇が襲ってきた。

「……うっ」

入り口横で移動販売のキャラメルポップコーン屋が営業しており、甘ったるいにおいがあたりに充満している。

「試験的にスイーツの移動販売を導入してみたんですよ。おひとつ、いかがですか」

「あっ、お店に入る前なので……」

「ああ、そうですね」

笑顔で勧めてきた社長をどうにかかわせて安心した。

換気の問題なのか、キャラメルポップコーンのにおいは店内にまで充満していた。

「jolliesseさんの商品はこちらですね」

社長は案内してくれるが、甘いにおいと化粧品のにおいのダブルパンチで私は限界だった。

「……ごめん、もう無理」

ひとりで立っているのもままならず、ぐったりと珪子の肩にもたれかかる。

「わかった」

ぽんぽんと小さく、珪子が私の手を叩く。

「社長。申し訳ないのですが、深海の体調が優れないようなのでこれで失礼させていただいてもよろしいでしょうか」

珪子の声でこちらへ視線を向けた社長は、心配そうに眉を寄せた。

「大丈夫ですか？　そういえば先ほどから少し、顔色が悪かったような。お気になさらず、お大事になさってください」

「ご心配、ありがとうございます。お言葉に甘えて失礼させていただきます」

「……申し訳、ありませんでした」

かろうじてそれだけを絞り出し、珪子に支えられて車に戻る。

「だから、謝んなくていいって。家に送るからもう少しだけ、我慢して」

「……うん、ありがとう」

言葉短く言い、シートを倒して目を閉じた。

「じゃあ私は会社に戻るけど。なんかあったら連絡して」

珪子は家どころか部屋にまで私を連れていってくれた。

「……ごめんね、迷惑かけて」

「だからー、謝んない！　つわりで動けないのは仕方ないでしょ。じゃあ、今日はもう大人しく寝てな」

「うっ。ありがとう」

呆れたように笑って私の額を軽く叩き、珪子は帰っていった。ひとりになり、ベッドの中で丸くなって目を閉じる。つわりで体調を崩し、私が謝るたびに珪子は謝らなくていいと言ってくれるが、それでも毎回迷惑をかけて申し訳なかった。においがダメで自社商品の使用感すら試せない。自分が行くべき営業も、満足にできない。そんな自分が情けなかった。

泣きそうになっていたら、玄関が開く音がした。珪子が戻ってきたんだろうかと思ったが、彼女では鍵を開けられない。もしかして、不審者？　身を固くして耳を澄ませていたら、部屋のドアがノックされた。おかげでびくんと肩が跳ねる。

「季里さん？　珪子さんから具合が悪くなったので帰したと、連絡をもらったんですが……」

けれどドアの外から星司さんの声が聞こえてきて、警戒を解いた。

「入りますよ」

入ってきた星司さんが、すぐに私のところまで来る。

「大丈夫ですか？」

枕元に座った彼の手が、そっと私の頭に触れた。私がこんな状態だから星司さんも心配させ、こうやって仕事を休ませている。申し訳なくて、ますます布団の中へ顔をうずめた。

「季里さん？　どこか、苦しいんですか？」

星司さんが私の背中をさすってくれる。それがさらに、私を情けなくさせた。

「……大丈夫、だから……」

どうにかそれだけ言い、さらに布団の中で丸くなる。

「季里さん？　もしかして、泣いているのですか？」

言い当てられてびくりと身体が反応した。

「……泣いてない。……あっ!」

鼻づまりの声でバレバレなのにそれでも誤魔化そうとしたが、たやすく星司さんから布団を剥がされる。

「泣いてるじゃないですか」

星司さんの手が伸びてきて私を抱き起こす。そのまま私を抱き締め、軽く頭を撫でてきた。

「どうしたんですか」

星司さんの声も手も、私を気遣うように優しい。それに彼は香水をつけていないはずなのに、日向のお日様みたいなにおいがした。おかげで、胸に重く詰まっていた気持ちをぽろぽろこぼれ落としていく。

「つわりのせいで、仕事がまともにできなくてつらいの」

「はい」

「そのせいで、珪子にも星司さんにも迷惑をかけっぱなしで嫌なの」

「季里さん」

身体から引き剥がし、星司さんが真っ直ぐに私を見る。レンズの向こうの瞳は、私を愛しんでいるように見えた。

「少なくとも僕は、迷惑なんて思っていません。反対に僕は、季里さんに申し訳なく思っています」

「なんで？」

意味がわからなくて首が斜めに傾く。そんな私の目尻を、星司さんの指先が拭った。

「季里さんがつらい思いをしているのは理解しています。いえ、季里さんがつらい思いをしているという理解はしていますが、どれくらいつらいのかは僕にはわかりません。だって僕は、妊娠の経験がありませんから」

彼がいったい、なにを真面目に語り出したのかはわからないが、それでも黙って話を聞く。

「僕が妊娠できないがために季里さんにはつらい思いをさせてしまい、申し訳なく思っています。男でも妊娠できるようになれば、今すぐ代わってあげたいところなんですが……」

「なにそれ」

突拍子もないことを彼が真剣に悩んでいて、つい噴き出していた。こんなことを考える男性がいるなんて思わない。

「だいたい、僕の軽率な行動のせいで季里さんは妊娠して、つらい思いをしているんです。だから、いくらでも迷惑をかけてください。僕は迷惑なんて思ってませんし」

「……うん。ありがとう」

星司さんの言葉で、いかに自分のことでいっぱいいっぱいで、周りの人の気持ちに気づいていなかったのか知った。星司さんもだし、珪子も何度も謝らなくていいと言ってくれていた。

「これからはもう少し、星司さんに甘えるね」

証明するかのようにこつんと、彼の胸に額をつける。

「はい。いっぱい我が儘、言ってくれていいですからね」

つむじに優しい口付けが落とされる。それが、悪くないなと思っていた。

それからは若干、つわりが軽くなったように思えるのは気のせいだろうか。でも気持ちが塞ぎがちで体調が悪かった部分もあったと思うし、それがなくなれば調子がよくなるのも道理だろう。

その日、仕事で会ったのは、前に具合が悪くなってドタキャンした相手だった。ローカルチェーンとはいえ百店舗近く展開しており、地元では知らない人間のいないドラッグストア。決まれば、大きい。

「こんな若いお嬢さんが会社経営だなんて、なにかと大変でしょう」

誠実そうな見た目と言葉とは裏腹に、男性社長はイヤラシくニタニタと笑っている。それに腹の底がカッと熱くなったが、かろうじて耐えた。父ほどの年のこの社長は、懇意にしている取引先の社長が紹介してくれた。彼の顔に泥を塗るわけにはいかない。

「まだまだ若輩者の身ですので、日々勉強させてもらっています」

笑顔を貼り付け、答える。後ろでさっきから珪子の怒りのオーラを感じていた。

「先日はせっかくお時間をいただいたのに直前になってキャンセルしてしまい、大変申し訳ありませんでした」

「いえいえ。聞けば、妊娠しているそうじゃないですか。妊婦じゃ仕方ないですよね、妊婦じゃ」

はぁっとバカにするように男がため息をつく。頭を下げたまま悔しさできつく唇を噛みしめた。

「我が社でも、病気でもないのに体調が悪いから休ませてくれだの言ってくる妊婦がいて、ほとほと困ってるんですよ。あ、別に深海社長のことを言ってるんじゃないですよ？」

男は否定してみせたが、完全に私を非難している。どうして妊娠しているというだけで、こんな扱いを受けなければならないのだろう。確かに病気ではないが、体調が悪くて働けないときがあるのは本当だ。それに妊婦だから気遣ってもらうのが当然、などとは思っていない。反対に、申し訳なくなる。自分の身体なのにままならなくてもどかしいのに、さらに人から迷惑がられるなんて最悪だ。

その後も男は暗に私を批判し、バカにし続けた。

「せっかくご紹介いただいたし、興味もあるお話なんですがね。このあいだみたいにドタキャンされると困りますし」

「……そう、ですか」

まるで私がドタキャンの常習犯のような言い草だが、もうそれに腹を立てるほどの気力は残っていなかった。延々一時間、一方的にこき下ろし続けられたらそうなる。

「紹介くださったあの方には申し訳ないですが、今回の話はなかったことに」

「……そう、ですか。本日は貴重なお時間をいただき、ありがとうございました」

頭を下げたときにはもう、私の心はぼろぼろになっていた。

「なにアイツ！　絶対最初から季里でストレス発散するのが目的じゃない！」

帰りの車の中、珪子は怒りを爆発させている。ぼーっとそれを聞いていた。

「気にすることないからね！　いつも言ってるけど、私は迷惑だなんて思ってない。私だけじゃない、うちの従業員は全員、そんなこと思ってないはず。もしそんなヤツがいたら私がぶっ飛ばしてやるし、季里も容赦なくクビにしていいからね！」

珪子の物騒な発言にかろうじて笑顔を作って答える。けれど私の心は頼もしい親友の励ましよりも、自分の不用意な妊娠で取り引きをひとつダメにしてしまった事実で占められていた。

今日も星司さんの迎えで帰る。ずっと私が黙っているからか、ちらっ、ちらっ、と彼の視線が私へと向かう。しかし私が話しかけてほしくない空気を作っていたので、なにも言わなかった。

「今日、なにかあったんですか」

それでも家に帰り着き、聞きにくそうに星司さんが切り出してくる。

「……取り引きがひとつ、ダメになった」

「そうですか」

素っ気ないそのひと言で、感情が爆発した。

「私が妊娠なんてしたから！　妊婦はまともに仕事ができないから困るって！　妊娠なんかしなきゃよかった……！」

「季里さん、落ち着いて」

腕が伸びてきて、ヒステリックに叫ぶ私をぎゅっと抱き締める。

「ねえ。なんで妊婦だからって、それしか見てもらえないの？　妊婦だったらそれまでの努力は評価してもらえないの？　今だって赤ちゃんのためにつらいの我慢して頑張ってるのに、そんなの無視なの……？」

拳で彼の胸を叩き、怒りをぶつける私の声を星司さんは黙って聞いている。

「どうして星司さんは、避妊してくれなかったの……？」

そうすればこんな事態にはならなかった。ううん、いくら酔っていたとはいえ、ちゃんと求めなかった私も悪いってわかっている。でも。それでも。星司さんさえ避妊してくれていれば。そんな考えが頭にこびりついて離れない。

「それ、は……」

苦しげに彼の顔が歪む。

「……季里さんとなら、子供ができてもかまわないと思いました」

「なんで？　子供は欲しくないって言ってたじゃない」

「それは、僕が季里さんを……」

そこまで言って星司さんは一瞬顔を上げたあと、黙り込んでしまった。

「ねえ、続きは？　僕は季里さんを、なに？」

先を促すが、星司さんは黙ったまま答えない。

「わかった、もういい。星司さんがそんなに不誠実な人だなんて知らなかった」

「待って！」

立ち上がった私の腕を、彼が掴む。それは必死なように見えた。

「その。今はまだ、言えません。でも僕の身勝手で季里さんに不自由をかけてしまい、申し訳なく思っています。許してくれなんて言えませんが、一生かけて償います」

私を見上げる星司さんは、酷く苦しそうな表情をしている。いつもは感情が顔に出ない彼が、こんなにもはっきり出るほど深く後悔しているのだと知った。おかげで、私の胸まで押しつぶされる。

「〝今はまだ〟ってことは、いつか話してくれるんだよね？」

そっと、彼の隣に座り直した。

「そう、ですね。そのときがきたら、話します」

「じゃあ、今は聞かない」

甘えるようにこつんと星司さんの肩に自分の肩をぶつける。私が妊娠でつらい思いをするたび、星司さんは僕が悪かったと詫びてくれた。避妊してくれなかった理由については納得していないが、そんな彼だからよっぽどのわけがあったんだと思う。だから、いつか話してくれるそのときを待とう。

「食事にしましょう？　星司さんもお腹、空いてるでしょ？」

「季里さん」

立ち上がろうとしたら、手を掴んで止められた。

「その。こんなの、慰めになるかわかりませんが。今日の取り引きは上手くいかなくてよかったんですよ」

「ふぇ？」

言われている意味がわからなくて、その顔を見下ろす。レンズ越しに目のあった彼は、きゅっと私の手を握った。

「そういう人間は季里さんが妊娠してようとしていまいと、きっと見下してきます。そんな人間と縁が切れて、よかったんです」

言われてみれば確かにそうだ。取り引きがあのまま始まっていれば、あの紳士の皮を被った高慢ちきな男はなにかと私をバカにし、もしかしたら無理難題を押しつけてきたかもしれない。

「そう、だね」

「はい。それに、季里さんにそんな酷い言葉を投げつけたその男を、僕は絶対に許せません」

聞いたことのない冷たい声に、思わず顔を見ていた。うっすらと星司さんは笑っている。たぶん、初めて見る彼の笑顔。でも、眼鏡の奥の目はちっとも笑っていない。

「妊娠の大変さを知ってるんですかね、その男は。一度、その腹の中で子供を育ててみればいいんですよ」

きっと腹の底から怒っている。こんな星司さん、見たことがない。

「そういう僕も、季里さんのつらさは十分の一もわかりませんが。それでも季里さんのためにできることは、なんだってしようと思っています」

ふっ、と急に彼の表情が緩む。僅かに目尻を下げ、私を見るその顔は、まるで愛しんでいるかのように見えた。おかげでみるみる頬が熱を持っていく。

「ありがとう、星司さん。私のために怒ってくれて」

赤くなっているであろう顔を見られたくなくて、俯いた。こんなに彼が、怒るだなんて思わない。おかげであんなに惨めだった気持ちが、救われた。

「僕は、別に」

いつもどおり素っ気ない声に顔を上げた。

「僕は季里さんを……」

ゆっくりと星司さんの顔が近づいてくる。最後の言葉は重なった唇でかき消された。

「星司さん？」

「遅くなりましたが食事の準備をしますね。ちょっと待っていてください」

眼鏡を上げ、星司さんがキッチンへと行く。でもその耳は真っ赤になっていた。星司さんは照れているときに眼鏡を上げるのが癖みたいだけれど、あれって無自覚なのかな？　こんなわかりやすい癖に気づいていないんだとしたらおかしくて、ついくすくすと笑ってしまう。

「どうかしましたか？」

「ううん、なんでもない」

不思議そうに聞いてきた星司さんに笑って誤魔化す。星司さんは本当に優しい。こんな人が私の夫でよかった。

それから半月ほどが経ち。

「じゃあ社長、テストよろしくお願いします」

「わかった、ありがとう」

開発部のスタッフが、私の部屋にテスターを置いていく。

「さてと」

早速化粧水を開け、自分の手に塗ってみた。香りはなく、さらっと肌になじんでいい感じだ。

「社長の分だけ香料無配合で作ってくれって、製造元に頼んだらしいわよ。愛されてるわね、深海社長？」

意地悪く珪子が口角をつり上げる。

「ほんと、ありがたくて嬉しくなっちゃう。次のボーナス、弾めるように頑張んないとね」

そのためにはこのあいだの取り引きをダメにしたのは惜しいが……ううん。あれは星司さんの言うとおり、ダメになってよかったのだ。

フルセット試してみようとクレンジングから始める。このために社長室には、洗面所が備え付けてあった。

「そういやさー」

「んー？」

仕事の手を休めることなく、テスト中の私に珪子が話しかけてくる。

「このあいだの会社」

「どこだっけ？」

「季里をバカにしてきた、紳士の皮を被ったクズ社長の会社」

珪子のお口が悪いが、そこはスルーしておいた。

「うん。あそこがどうしたの？」

「松菱からの融資、切られたらしいよ。ざまーみろ」

「……は？」

思わず、パッティングしていた手が止まる。あの日、怒りを露わにしていた星司さんの顔が思い浮かんだが、……まさか、ね。

「なんで？」

「なんか隠し帳簿とかあって、赤字隠しとか脱税とかしてたたって噂」

「ふーん。そうなんだ」

そうだよね、いくらすごーく怒っていたからって、個人の一存で融資打ち切りとかないよね。気を取り直し、手を動かす。

「意外とあっさりしてるのね」

「そう？　ま、あの件は私以上に怒ってた人がいたからねー」

意外そうな珪子に笑って返す。

「なになに？　聞かせなさいよ」

「んー？　それよりさ。これ、凄くいい感じ。期待以上のできだし、いっそ無香料でもいいかも」

興味津々な彼女から話を逸らした。

今日も帰りは星司さんが迎えに来てくれる。

「どうかしましたか」

じっと私が見ているのに気づいたのか、ちらっと彼の視線がこちらへ向かう。

「ううん、なんでもない」

それに笑って誤魔化し、前を見た。うん、やっぱりあんなに怒っていたからって、星司さんが個人的恨みで融資を打ち切ったとかあるはずないよ。それに不正があったからだって珪子も言っていたし。

「もしさ。私にすごーく酷いことをした人がいたら、星司さんはどうする？」

「完膚なきまでに叩きのめしますね」

「え……」

即答されて固まった。いや、きっと冗談。そっと顔を盗み見るが、いつもどおりの真顔で判断できない。

「まあ、冗談ですが」

私が引いていると気づいたのか、星司さんがちらりと私を見る。

「そう、だよね」

でもちっとも、そんな気がしないのはなんでだろう。子供が生まれ、ちょっと意地悪した相手にトラウマになるほどになにかをしないか、心配になってきた……。

第五章　過剰な意識

最近、つわりは落ち着いてきて、比較的普通に過ごせる日が増えてきた。……なーんて油断したのが悪かった。

「ぎもぢわるい……」

「はいはい。今、迎えを呼んでおいたから」

今日は他社の、新作化粧品発表会に来ていた。オープンスペースだし、この頃はきついにおいじゃなきゃ大丈夫だし……なんていうのは甘い見通しだった。案の定、具合が悪くなり、動けなくなって会場外のベンチで蹲っている。

「おまたせしました」

声をかけられて顔を上げると、星司さんが立っていた。

「……なんで星司さんを呼ぶの？」

「だって、こういうときは呼ぶように頼まれているし？」

しれっと言って珪子が私から顔を背ける。

「大丈夫ですか」

「……うん」

星司さんが手を貸してくれるので立ち上がる。

「あとはこっちでやっとくから、今日はもう帰って休んで」

「うん、ありがとう」

「じゃあ星司さん、あとはよろしくお願いします」

「こちらこそ、ありがとうございました」

挨拶を交わし、星司さんに支えられて会場を出る。

「……また休んで大丈夫なの？」

ぐったりとシートに身体を預けながら、つい詰問してしまう。

「大丈夫です。いつでも季里さんのために休めるように、調整してありますから」

なんでもないように星司さんは言っているが、こんなに頻繁に休んで彼の評価が心配だ。まさか、本部CEOの息子だから大目に見てもらっている……とかはないか。そんなことをされたら、融通の利かない星司さんなら抗議しそうだ。でもこれで、彼の将来性について父親や幹部たちから問題視されていたら申し訳ない。

家に帰り、部屋着に着替えてベッドに潜り込んだ。

「ゆっくり休んでください」

「うん……」

枕元に座った彼が髪を撫でてくれるので、目を閉じた。うとうととしながら、どんな顔で彼が私の頭を撫でているのか興味が湧いてくる。いや、きっといつもどおり真顔だとは思うけれど。気になり出すと眠れず、とうとう興味に負けてそーっと薄目を開いた……瞬間。思わず思いっきり目を開けそうになったが、かろうじて耐えて寝たフリを続ける。しかし、ドキドキと心臓の高鳴りが止まらない。すぐに携帯が着信を告げ、星司さんは部屋を出ていった。

……え、今の顔、なんなの？

寝返りを打ってドアから顔を背け、落ち着くように深呼吸を繰り返す。さっきの星司さんは今まで見たことのない顔をしていた。うっとりと眼鏡の奥で目を細め、とても大切なもの、たとえば深く愛している、たったひとりのお姫様でも見るかのような表情。いつもの無表情からあの顔は反則だ。あんな顔をされたら誰だって一発で恋に落ちる。いや、仮にも夫婦なんだし、落ちていいのか……？

ぐるぐる悩んだせいで目は冴えていき、おかげで気持ち悪いのも忘れていた。これならひとりでお留守番も平気そうだ。

「星司さん……」

ベッドを出て、控えめに彼の部屋をノックする。

「どうしました？」

すぐに出てきた彼の顔を見て、先ほどのあれを思い出した。途端に顔が、一気に熱くなる。

「えっと、その、あの」

「顔が赤いですけど、……もしかして熱が？」

なぜか彼が眼鏡を外す。その大きな手が前髪を掻き上げて額に触れた。それだけでもいっぱいいっぱいなのに。

「ぴゃっ」

手で前髪を押さえ、星司さんは自分の額を私の額につけてきた。おかげで、変な声が漏れる。何度もキスだってしてした。こんなに顔が近いのはもう慣れたはずなのに、ドキドキしてしまう。

「うーん。熱はないようですね」

「えっ、あの、えっと」

少しして私から離れ、星司さんは眼鏡をかけ直した。

「でも、大事を取って寝ていてください。なにかあると大変ですからね」

促すように彼の手が私の背中に触れる。それだけでぴくりと反応してしまった。

「えっと、そうじゃなくて」

「どうかしたんですか？」

さっきから私がもじもじと同じ言葉を繰り返しているせいで、星司さんの声が少し心配そうになる。

「……なんでもない、です」

眼鏡の奥から真っ直ぐに見つめられ、結局なにも言えずに目を逸らした。

「本当ですか？　どこか少しでもおかしいようなら、遠慮なく言ってください」

私の様子がおかしいからか、さらに星司さんが心配そうになる。

「えっと……ちょっとお腹空いたな、って」

答えに詰まって曖昧に笑ってそんなことを言ってしまい、直後に後悔した。

「わかりました、すぐになにか準備します」

「あ……」

私が前言を撤回するより早く、星司さんがリビングへと消えていく。

「ううっ……」

自己嫌悪で落ち込みそう。本当はもう大丈夫だから仕事に行ってきていいよと伝えるはずだった。なのになんでこうなった？　全部星司さんのあんな顔を見たせいだ。

　ずっとその場に立っているわけにもいかず、リビングへ移動する。キッチンでは星司さんが作業をしていた。その様子をソファーに座り、眺める。改めて見ると、顔がいい。センター分けにされた黒髪ミドルヘアはさらさらそうだし、鼻筋も通っていて私によくキスしてくる薄い唇は、形が整っていた。細く切れ長な目は涼しげで、さらに銀縁スクエアの眼鏡がそれを際立たせる。それに背だって高いし、ワイシャツの袖を捲り黒エプロンで料理する姿は絵になった。いまさらながら私の好みドストライクな顔だと気づいた。いやいや、私が好きなのは辰巳だし。

「ん？　僕の顔になにかついてますか？」

　あまりに見つめすぎていたせいか星司さんが手を止め、こちらを見る。

「べ、別に、好みの顔だとか思ってないし！」

　言った瞬間、自分の失言に気づいた。慌ててどう挽回すべきか頭を巡らせる。

「僕の顔が季里さんの好みならば、嬉しいです」

　しかしそれよりも早く、星司さんが返事をしてきた。これは嫌味なんだろうか。それとも自慢？　彼はいつもどおりの真顔で判断ができない。さらに。

「僕も季里さんの顔が好きですよ」

まるで自分は顔だけだと言われたようでいい気はしない。けれど星司さんの手が、眼鏡に触れる。それは星司さんが照れているときの癖だけれど、これもそうなのかな。

気づくと、私の顔まで熱くなってきた。

星司さんはつわりになってから私のお気に入りの、トマトスープを作ってくれた。

「いただきます」

「どうぞ」

さっきからまともに星司さんの顔を見られなくて、黙々と食べる。

「具合のほうはどうですか」

「えっ、あっ、うん。もうすっかり、いいみたい」

声をかけられただけで、焦って返事をしてしまう。どうしてこんなに星司さんを意識してしまうんだろう。さっきから私、変だ。

「でも、まだ少し顔が赤いようですし、食べたら寝ていてください。氷枕、準備しますね」

「ああ、うん。ありがとう」

私が不審な行動を取ってしまうから、星司さんを心配させている。落ち着かないといけないいな……。

食後、もう平気だったが、変に星司さんを心配させるのもあれなので大人しくベッドに横になった。作ってくれた氷枕が、まだほてる頬に気持ちいい。

「なんでこんなに、ドキドキしちゃうんだろ……」

原因は星司さんのあんな顔を見たからだとわかっている。だいたいなんで、あんな顔で私を見ていたの？　もしかして私が好き……とか？　浮かんできた考えを、頭を振って慌てて打ち消す。だって星司さん、女性に興味がないって言っていたし。

しかし今までの生活を思い起こすと、いろいろ引っかかってくる。妙に世話を焼いてくれたり。挨拶代わりになにかとキスをしてきたり。いや、でも、それは自分の子供を妊娠しているから、大事にしてくれているだけで。

「うん、そうに決まってる！」

これ以上悩みたくない私は、無理矢理そう片付けた。

けれどそれからも、私はどうしても星司さんを意識してしまっていた。

「おはようございます、季里さん」

起きてきた私に、星司さんがキスしてくる。それはいつもどおりの挨拶だし、もうこの頃はすっかり慣れたはずだった。なのに今、最初の頃のようにドキドキしているのはなんでだろう？

「季里さん？」

私の様子が変だと気づいたのか、少し背を屈めて星司さんが顔をのぞき込んでくる。

「どうかしましたか？」

「な、なんでもない！」

心配そうに頬へ触れた手を、反射的に振り払っていた。何事が起こったのかわからないのか、星司さんはじっと振り払われた自分の手を見つめている。

「なにか、気に障りましたか？」

そんなの、聞かれたって答えられるわけがない。星司さんとのキスにドキドキしたから、なんて。

「なんでもないったらなんでもないの！」

つい、子供のように癇癪を起こしてしまっていた。星司さんは途方に暮れているようで、申し訳ない気持ちになる。

「すみません。僕が悪いのにその理由に気づけなくて」

さらに星司さんに詫びられ、カッと頬に熱が走る。

「なんで悪くないのに星司さんが謝るの!?」

「……すみません」

なぜ私が怒っているのかわからなくて、星司さんは完全に困惑している。わからなくて当然だ、だって私は特に理由があって怒っているわけではないのだから。こんなの、子供の我が儘と一緒だ。

「もういい！」

逃げるように自分の部屋に行き、ひとりになって座り込んで頭を抱えた。星司さんは悪くないのに、わけも話さず逆ギレするなんて最低だ。ちゃんと謝らなければ。でもなんで、星司さんはすぐに謝るんだろ？　癖、なのかな……？

「よしっ」

そのままの姿勢でしばらく頭を冷やし、立ち上がる。それでも怖くて、おそるおそるリビングをのぞいた。星司さんはキッチンで、朝食の準備をしている。目があったものの、瞬間、逸らして勢いよく隠れていた。

……ちゃんと謝るって決めたんだし。

もう一度、そろりとリビングへ入る。でも、その顔を見るのは怖くて、彼の背後に回った。

「……その。さっきはごめん」

ちょん、とシャツを摘まみ、謝った私の声は酷く小さい。

「いいんですよ、やっぱり僕が悪かったと思いますし」

後ろに回ってきた手が、私の頭を軽くぽんぽんと叩く。それだけで機嫌がよくなっているのはなんでだろう。

「……だから。星司さんは悪くないんだから謝らないで」

「すみません。あ、えっと、すみま……ええっと。……はい」

自然に口から出てくる謝罪の言葉をどうにかしようと慌てる星司さんがおかしくて、ついくすくす笑っていた。

朝食を食べ、今日も星司さんに送ってもらう。

「週末、調子がよかったら少しだけ出掛けませんか」

提案されて、困る。この頃はつわりも落ち着いてきて、体調を崩す頻度も減っていた。きっと、無理をしなければ大丈夫。それにつわりが酷いあいだは出掛けるのもままならなかったので、少し気分転換したい気持ちもある。しかしこんなに星司さんを意識してしまう状態で、彼とふたりで長時間過ごすなんて自信がない。

「友人からジュエリーの個展の招待状をもらったんです。それで……」

「星司さんに友達なんていたの？」

思わぬ単語が出てきて、つい聞き返していた。この無表情堅物に友達がいるなんて意外すぎる。

「……はい」

彼の声には若干の不服が混ざっているような気がして、自分でも悪かったなと反省した。

「……ごめん」

「いえ。確かに、友人と呼べる人間は彼しかいませんから」

これには聞いてはいけないことを聞いてしまったと、心の底からさらに反省する。

「で、でも。友達なんて量より質？　だし？」

慌てて取り繕ってみたものの、これはフォローになっているんだろうか。

「お気遣い、ありがとうございます。でも、気にしてないので」

本当に星司さんが気にしていないのかわからないが、とりあえず怒っているようでも落ち込んでいるようでもないみたいなので、これ以上この件には触れなかった。

「それで。友人からジュエリー展の招待状をもらったんです。季里さんの体調によりますが、よろしかったら行きませんか」

個展、しかもジュエリーなんて興味があるに決まっている。しかしネックは私の体調よりも、星司さんとふたりで出掛けることなのだ。

「あー、えっと。それって今、返事しなきゃダメ？」

結局、結論は出なくて返事を先延ばしにする。

「いえ。当日の朝でもかまいません」

「わかった。考えとく」

とりあえず、考える時間ができてほっとした。


それから三日経ち、明日はもう土曜日だというのに私はまだうだうだ悩んでいた。

「ねー、一緒に個展に行きませんかってさー」

「デートのお誘いでしょ」

即、珪子の言葉が返ってくる。

「だよねー」

薄々、そうじゃないかとは思っていた。だからこそ、行くと言えない部分もある。

「そんなことよりも」

「そんなことって……」

私にとっては重大案件なのに、バッサリ切り捨てられて若干ふてくされた。

「季里が旦那からデートに誘われようと、そんなの些細な問題だわ。それよりフェレフェレさんの件」

「あー……」

フェレフェレさんは来シーズンにリリース予定の特別ケア化粧品を気に入っていただき、大規模なフェアを行ってくれるという。いつもよりも桁のひとつ多い注文は、嬉しいよりも不安が先立つ。こんなに本当に売れるんだろうか。売れなければフェレフェレさんにも迷惑をかけるし、我が社も大ダメージだ。けれどそれだけ先方はうちに賭けてくれているってことだし、やりがいもある。

「今の製造ラインじゃ足りないから、製造元に増産をお願いしないとだし、倉庫も新しく借りないと置き場が足りないわよ。そうなると資金も足りない」

最後の言葉がずしんと、重く背中にのしかかってきた。

「うー、どうしよう……」

今までにない発注量となれば、材料の仕入れにも製造にもそれだけコストがかかる。大量発注は嬉しいが、そこがネックになっていた。

「おじい様に借金……は、もうしたくない……」

会社設立時、孫に甘い祖父から資金を借りた。別にそれで取り立てが厳しかったとか、経営に口出しをされたとかはない。それに結婚する少し前に全額返済し、優良経営だと褒めていただいた。なのでたぶん頼めばまた、ほいほい貸してくれるとは思う。でも、もう祖父に甘えるのは嫌なのだ。

「じゃあ、銀行に融資のお願いする？」

「……銀行、苦手」

昔から数字に弱くて、今でも経理関係の書類を見ると頭が爆発する。それでも経理の人間に丸投げとかダメだってわかっているので、珪子に助けられながらなんとか確認していた。

「なに言ってんの。あんたの旦那、銀行員でしょうが」

はぁっと呆れたように珪子がため息を落とす。

「……そうなんだけど」

いまさらながら、なんで私は星司さんと結婚したんだろう？　言葉巧みに上手く丸め込まれたのはもちろんだが、それで決めてしまった私もどうかしていた。

「経理と相談して書類揃えな。あんたの苦手な帳票類は任せて大丈夫だから」

「……頑張る」

これには joliesse の未来がかかっているんだ、気合いを入れなければ。

……とは言いつつも、プライベートでは星司さんとの問題を無視できない。

「季里さん」

「は、はいっ？」

今日も迎えに来てもらった帰りの車の中、声をかけられて返事がうわずってしまう。

「明日、どうしますか」

「ええっと……」

だいたい、どうして星司さんは私をデートになんか誘うんだろう。子供ができたとはいえ、私たちは仮面夫婦なのだ。子供に関しては協力するし、家族としては仲良くする。それ以上の感情など、彼にあるはずがない。そもそも、星司さんは女性に興味がないと言っていたから、子供ができなければ私にも興味がなかったはず。いや、興味のない私を抱いたところから謎だけれど。

「……これって、どういうつもりで誘ってる？」

その返事によっては行ってもいい……かもしれない。

「ぜひ夫婦で来てくれと言われたので、季里さんを誘いましたが」

「ああそう……」

うん、そうだよね。デートなんてあるはずがない。予想できたはずの答えなのに、がっかりしているのはなんでだろう？　ん？　今、視界の隅で星司さんの手が眼鏡に触れたように見えたけれど……気のせい、だよね。

「うん。いいよ、行くよ。ただし、明日の体調次第だけど」

「わかりました」

これはデートではない、ただの仮面夫婦の妻としての役割なのだ。ならば、なんの問題もない。


翌日は体調もよく、予定どおりジュエリーの個展へ出掛けた。場所も星司さんの銀行からほど近いところだし、小さな展示会なので行き帰りもあわせて二、三時間程度らしいので、なにかあっても多少なら無理できる。

「うわっ、素敵ー」

星司さんの友人の、恋人が作っているというジュエリーはすべてハンドメイドで、とても繊細で美しかった。おかげで心まで、キラキラになった気がする。

「あ、こういうのいいなー」

そのプラチナの指環は緩いウェーブにあわせてダイヤが数個埋め込んであり、さらにラインに沿って半面を細かく叩きマット加工にしていた。

「買いましょうか？」

すぐ隣でぼそりと言われ、そちらを見る。いつの間にか星司さんが至近距離に立っていて、瞬間、横に飛び退いていた。

「どうかしましたか？」

とか聞かれても、近すぎるからなんて答えられるわけがない。

「あ、えっと、……そう！　ちょっと、ふらついて！」

そのわりに元気いっぱいに答えてしまい、信じてもらえるか自信がない。なのに。

「大丈夫ですか？」

星司さんがそっと、私の腰を抱く。それでまた飛び退きそうになったが、さらに心配させるのでどうにか耐えた。

「どこか、座れないか聞いてみます。ああ。それよりも、もう帰ったほうがいいですよね」

星司さんの心配は最高潮らしく、私を支えるようにしてすでに出口へ向かって足を踏み出しかけている。

「大丈夫、だから！　それよりももっと見たいなー、なんて」

まだ、会場内を半分も見ていない。こんなに素敵なものを、自分の嘘のせいで見られなくなるなんて惜しい。笑って彼に、平気だとアピールする。

「無理してませんか」

「してない、してない」

眼鏡の奥からじっと見つめられると嘘を見破られそうで、内心嫌な汗をかいた。

「わかりました。でも、どこか座れないか聞いてきますから、少し休んでください」

「うん、ありがとう」

これ以上なにか言うのもあれなので、大人しく星司さんの指示に従った。

主催者さんのご厚意で、バックヤードで休ませてもらえた。

「ちょっと待っていてください」

私を連れていって座らせ、星司さんはどこかへ行ってしまった。

「すみません、無理を言って」

「いえ。大事な身体なのですから、無理はなさらないでください」

少し、心配そうに主催者の佐山《さやま》さんの眉間に皺が寄る。

「ありがとうございます」

笑ってお礼を言いながら、心の中で嘆息する。……男性で、こんなに綺麗なんて反則だ。星司さんも綺麗な顔をしているがそれは男性としてであって、彼は中性的でまた違った方向に綺麗だった。

「女性の方だと思っていたのでびっくりしました。すみません」

「いいんですよ、別に」

〝馨《かおる》〟なんてどちらでも通じる名前で、さらに星司さんの友人の恋人だと聞いていたので、女性だとすっかり思い込んでいた。一瞬、友人とは女性なのかという疑惑が持ち上がったが、よく思い起こせば〝彼〟と言っていたので男性で間違いないだろう。

「作品、まだ全部拝見してないんですが、どれも素敵です」

「ありがとうございます」

佐山さんは笑うとますます綺麗で、頭がぽーっとなる。彼の手から、あれらの作品が生み出されていると聞けば納得だ。

「おまたせしました」

作品の話を聞かせてもらっていたら、星司さんが戻ってきた。急いでいたのか息が上がっている。そしてなぜか、手にはコンビニのレジ袋が握られていた。

「どうぞ」

袋から出てきたのはブレンド茶のペットボトルだった。もしかしてわざわざ、買いに行ってくれた？

「ありが……！」

お礼を言って受け取ろうとして、星司さんと手が触れた。それで反射的に手を引っ込める。すぐにペットボトルは床に落ち、ゴンと重い音を立てた。

「えっ、あっ、ごめん！　せ、静電気、かな……？」

きょときょととあちこちに視線をさまよわせながら言い訳をする。これくらいで反応してしまうなんて、ない。

「買い直してきます」

「あっ、待って！」

そのまま、また出ていこうとする星司さんを慌てて止めた。

「それで大丈夫だから。容器が少しくらい汚れたって、別に」

「でも……」

「いいから。ね？」

星司さんの手からペットボトルを奪い、蓋を開けて口をつける。彼はいまだに、私のお茶を落としてしまったと反省中のようだ。

「喉、乾いてたし。ありがとう」

「……季里さんがいいならいいですが」

笑ってお礼を言うと渋々ながら反省はやめてくれたみたいで、よかった。

「……ぷっ。あははははっ」

唐突に笑い声が聞こえてきて、星司さんも私もそちらを見る。そこでは佐山さんがお腹を押さえて笑い転げていた。

「えっと……」

「すみません。龍川さんがなんだか、飼い主に忠誠を尽くす犬みたいで。イメージ的にドーベルマンかな?」

佐山さんは笑いすぎて出た涙を指の背で拭っているけれど。

「忠誠を尽くす」

「犬……」

思わず、星司さんを見上げていた。彼は真顔で私を見下ろしていたが、どう反応していいのか困っているようにも見える。言われてみれば確かに、融通が利かず堅物な彼は犬、しかもドーベルマンっぽい。

「……うん。ドーベルマンだ」

なんだかそれがおかしくて、ついくすくすと笑ってしまう。

「……季里さんまで」

星司さんは私まで笑い出して途方に暮れているようだが、私に至れり尽くせりでなんでもしたがるところも、忠犬と言われて納得なんだもの。

「なんだか新作のイメージ、湧いてきました！」

「え、凄く興味があります！」

もうそれが思い浮かんでいるのか、佐山さんの目はキラキラと輝いている。

「できたら一番にお見せしますね」

「楽しみです！」

悪戯っぽく彼は、私に向かって片目をつぶってみせた。

十分休んだし、星司さんも戻ってきたので、お礼を言って会場へ戻る。私のあとをついて回る星司さんを、ちらり。どうもさっきから、機嫌が悪い気がする。いつもどおりの真顔だから気づかれていないと思っているのかもしれないが、微妙な空気でわかるんだよね。

「なんか、怒ってる？」

「怒ってなどないです」

ほら、怒っている。素っ気ない返事は、星司さんが感情を隠したいときの癖だ。

「なんで怒ってるのか、言ってくれなきゃわかんないよ」

それっきり彼は黙ってしまった。せっかく素敵なジュエリーを見に来ているのに、こんな空気じゃ楽しめない。

「……季里さんが」

ため息をつき、申し訳ないが佐山さんに挨拶をして帰ろうかと思ったときになって、ようやく星司さんが口を開いた。

「僕以外の男性と楽しそうに話をしていたので」

だから、怒っている？　理由はわかったが、どうしてそうなるのかはわからない。

「私は星司さん以外の男性と、楽しくお話ししてはいけないの？」

「それは……」

また、星司さんが黙ってしまう。そりゃ、私だって男性とお話しするし、星司さんだって楽しく……は謎だが、女性と話したりするはず。それにいちいち怒る理由がどこにあるのか……待って。星司さんが私以外の女性と、しかも親しげに楽しく話をしていたら、それはそれでムカつくな。でもそれは、その……あれだ、この堅物男が楽しそうにとかありえないので、そんな顔を家族の私以外の人間に見せているのが嫌なのだ。

「……いけなくはない、です」

しばらくして出てきた答えは、彼にしては歯切れが悪い。

「季里さんが、他の男性と話をするのはかまいません。でも僕は季里さんが僕以外の男性と楽しそうに話をするのが嫌なので、覚えておいてくれると嬉しいです」

これって、星司さんの独占欲？　彼の子供を妊娠している私は彼のものなので、他の男と関わるなってことなのかな。しかし、眼鏡を触って照れている意味が、わからない。

「……そうやって縛られるの、すごーく嫌なんだけど」

星司さんが照れているから、怒ってみせながらも私も頬が熱くなってくる。

「あ、別に縛りたいとかではなくて。でも、その」

慌てている星司さんを見て溜飲を下げている私は、性格が悪い。

「わかってる。結婚して子供もいるのに、他の男と仲良くしてたら世間体が悪いってことでしょ」

「……まあ、そうです」

やっと正解の肯定の返事をもらい、もやもやが晴れる。

「うん、それは気をつけるよ。……ねえ、あのネックレス、素敵じゃない？　花冠みたいで」

少し離れたところにある作品を見ようと星司さんの手を引っ張る。

「そうですね」

すぐに星司さんがその手を握り返してきて、自分が彼と手を繋いでいると気づいた。

途端につま先から一気に熱が上がってきて、反射的にその手を振り払っていた。

「季里さん？」

「あっ、えっと。ここ、ちょっと暑くない？　手汗かいてたら悪いな、って」

わざわざ手で顔を扇ぎ、誤魔化そうと試みる。

「外に出ますか？」

「えっ、大丈夫。やっぱり素敵ね、これ」

できるだけ平静を装い、ネックレスの前に立つ。新婚旅行で手だって繋いだ。なのになんで今、こんなに意識しちゃうんだろ？

全部の作品を堪能し、休憩前に見た指環の前に戻ってくる。

「やっぱりこれが一番好き」

「じゃあ、買いましょうか？」

隣に立つ、星司さんは真顔だった。今日の個展の作品が、購入できるのは知っている。もしこれが数万円程度のものならば、買ってもらったかもしれない。しかし数十万円するものを好きでもない女に、しかもなんでもないのに買おうかという星司さんの感覚がわからない。

「僕の子供を身籠もってくれたお礼です」

困惑していたところへさらに続けられ、ようやく納得した。けれど、だからといって簡単に、買ってもらおうなんて思えない。

「いいよ、別に。子供は不慮の事故みたいなものでもあるんだし」

彼を促し、出口へと向かう。私たちは仮面夫婦なのだから、結婚後の人生設計に子供は存在しなかった。星司さんだって欲しくないと言っていたくらいだ。

佐山さんに挨拶をして会場を出る。彼は例の作品ができあがったら連絡をくれると約束してくれた。五分程度歩き、車を預けた駐車場へと戻ってくる。

「季里さんは子供ができたこと、後悔していますか」

車を出して少しした頃、言いにくそうに星司さんが聞いてきた。たぶん、さっきの私の言葉を気にしている。

「そうね、後悔してないって言ったら嘘になる。今、そのせいで思いどおりに動けないのは嫌になるし」

自社商品のにおいで気持ち悪くなるのは嫌になるし。つわりのせいで商談もひとつ、ダメにした。……あれはあれでよかったと今では思っているが。なんで私は軽率なことをしたんだろうって、よく思う。

「でもね、この子が邪魔だなんて思ったことはない。反対に、申し訳なくなる。この子だって仮面夫婦の私たちのところじゃなく、子供が欲しくて望んでいる夫婦のところへ行っていたらもっと、幸せになれてたのかな、って」

星司さんは黙って前を見たまま運転している。

「だからといってこの子を愛さないとかないのよ？　こんな私たちのところへ来てしまったおっちょこちょいな子だから、精一杯愛して、幸せにしてあげたいって思ってるわ」

そっと、自分のお腹を撫でる。最近、僅かにだけれど膨らんできた。最初は戸惑いばかりだったけれど、今はこの子が愛おしい。

「星司さんも同じだと思うけど、違う？」

彼の横顔をじっと見つめる。きっとそうだと信じているが、もし違ったら？　そう思うと落ち着かない。

「僕も季里さんと同じ気持ちです」

星司さんの手が、下がってもいない眼鏡を上げる。それを見て、嬉しくなった。

「……遅い」

その祝日は私は休みだったけれど、星司さんは少し出社してやらなければならないことがあるからと申し訳なさそうに出ていった。しかし、もう八時を過ぎたというのに帰ってこなければ連絡もない。

「先にごはん、食べちゃおっかなー」

キッチンへ向かいながらふと、この家でひとりのごはんはひさしぶりだと気づいた。朝はいつも星司さんと一緒だし、夜も妊娠がわかってからは極力、星司さんは接待などを断っていたので、ふたりで食べるのがほとんどだった。

「なにしてるんだろ、ほんと」

ぼーっとレンジが料理を温めているのを見る。もしかして、浮気とか？　そういえば結婚してすぐの頃は、星司さんが女性の扱いに慣れている気がして、まだ遊びたいから結婚したくなかったんじゃないのかな、なんて疑っていたな。星司さんの生活を知って、すぐにないなって思ったけれど。でも星司さん、格好いいし、女性のほうが放っておかないかも。私の知らない女性と食事をしている星司さんを想像したら、なんかムカムカしてきた。うーん、ちょっと胃の調子が悪いのかな。食事は軽めに済ませよう。

「ただいま、季里さん」

適当に温めた料理を並べていたら、星司さんが帰ってきた。

「おかえりなさい。星司さんも食べる？　もうどなたかと済ませてきたかもしれないけど」

言った瞬間、あまりに皮肉っぽかったかなと後悔した。きっとさっき、あんなことを考えていたからだ。

「どなたかとって、僕には季里さん以外の方と食事をする予定などありませんが？」

不思議そうに眼鏡の向こうで星司さんは何度か瞬きした。

「だから、それはその」

気まずくて、視線が床の上を迷走する。

「季里さんは僕に、誰かと食事をしてきてほしかったんですか」

「えっ、あっ」

「誰かって、誰を想像していたんですか」

私の返事を待たず、星司さんは質問を重ねてきた。またもや視線を床にさまよわせ、挽回を試みる。

「だ、誰って、……女の人、とか」

突然、目の前が暗くなったかと思ったら、星司さんが至近距離に立っていた。それで、自分の失言に気づく。

「浮気を疑っているのですか」

レンズの奥から真っ直ぐ私を見下ろす目は、怒っているのかわからない。

「べ、別に。それにもし浮気していたとしても、私たちは仮面夫婦なんだから関係ないしぃ？」

強がりながらも怖くて視線は明後日の方向を向き、語尾が不自然に裏返る。

「もしかして、ヤキモチを妬いているのですか」

「ヤキモチとか妬いてないし！」

速攻で否定しながらもようやく、先ほどのムカつきの理由を理解した。

「だいたい、季里さんは僕が、他の女性と付き合うとでも思っているのですか」

なぜか微妙に、咎められているように感じるのは気のせいだろうか。もしかして怒っている？　でも、なんで？

「お、思ってない、……けど。でも星司さんは格好いいから、女性が放っておかないでしょ？」

「そうやって僕に近づいてくるかもしれない女性にすらヤキモチを妬いてくれるなんて、季里さんはとても可愛いですね」

星司さんの手が頬に触れたかと思ったら、唇が重なった。離れていく顔をそっと見上げる。さっきとは打って変わって上機嫌になっているような気がするけれど、私はなにもしてない。

「心配しなくても、ちょっと海外の銀行でトラブルが発生して、その処理で遅くなっただけですよ」

「だから別に、心配とかしてないし！」

なぜかからかわれているように思えて、つい反射的に噛みついてしまう。

「先に食べていていいですよ。すみません、連絡もせず、お待たせしてしまって。僕は着替えてきますね」

けれど星司さんは平然と、リビングを出ていった。いいようにあしらわれているとしか思えない。そして自分の態度も、よくないというのはわかっている。こんなんじゃ星司さんに嫌われちゃう。……うん？　なんでこんなに、星司さんに嫌われるのが怖いんだろう。ああ、あれだよね。これから一緒に子育てしていくのに支障が出るから。それしかない。

食べていいと言われたけれど、どうせすぐに着替えてくるんだしと追加で星司さんの分も温める。

「僕の分も準備してくれたんですか?」

温めた料理をテーブルに並べていたら、ダイニングに星司さんが来た。意外そうにテーブルに着く。

「これくらい、するし」

「ありがとうございます」

私もその前に座り、ふたり揃って箸を取る。さっきまで味気なく思っていたのに、今は美味しそうに見えるのはなんでだろう。同じ料理なのに不思議だ。

翌週は定期健診だった。

「経過は順調ですね」

エコー画像の中で、小さな赤ちゃんが動いているのを見て感動した。星司さんも食い入るように見ている。

「ありがとうございましたー」

エコーの写真をもらい、診察室をあとにする。星司さんが僕も欲しいのでもう一枚くださいとお願いしたのにはびっくりした。

「精算してきますので、待っていてください」

「うん」

ロビーのソファーに座り、星司さんの戻りを待つ。同じように定期健診に来ている女性が多くいるが、ほとんどがひとりだ。旦那さんらしき人が付き添っている人もたまにいるが、毎回欠かさないのは星司さんくらいだろう。

星司さんは必ず、定期健診に付き添った。そうそう毎回、なにかあるわけでもないし、異常があったときはその場で連絡するから大丈夫だと言ったものの。

『なにかあったときはすぐに対応できなければなりませんし、それに。大事な季里さんと子供のことです。僕はなんでも知っておきたいんです』

と、眼鏡を上げながら言われた。星司さんはちょっと頑固で、言い出したら聞かないところがあるので、もうそこは諦めた。それに小さな赤ちゃんの成長を目の当たりにするたび、どうも喜んでいるみたいだし。

精算を終えた星司さんがこちらに向かってきているのが見えて、立ち上がる。一歩踏み出しかけたところで、死角スレスレを子供が駆け抜けた。おかげで、バランスが崩れる。

「危ない！」

前のめりに倒れそうになったところを、星司さんが抱き留めてくれた。

「あ、ありがとう」

もし今、転けていたらどうなっていたのだろう。ばくばくと心臓が速く鼓動し、冷たい汗をかく。

「す、すみません！　ほら、走ったら危ないって言ったでしょ！」

すぐに子供を母親が捕まえ、詫びてくるのを星司さんの腕の中で聞いていた。

「大事なかったからいいですが、気をつけてくださいね」

「ほ、本当にすみませんでした！　ほら、行くよ」

恐縮しきって、母親が子供を連れて去っていく。星司さんはいつものごとく真顔だから、あのお母さんのトラウマになっていなければいいけれど。ぼんやりとそんなことを考えていた。

「大丈夫ですか」

「……うん」

騒動も去り、気持ちも落ち着いたところで、自分は今、星司さんに抱き締められているのだとようやく気づいた。

「えっ、あっ、……離して！」

反射的に彼を、突き飛ばしてしまう。星司さんはなにが起こったのかわからず、呆然としているように見えた。

「なにか、気に障るようなことをしてしまいましたか？」

そんな扱いをされて怒っていいはずなのに、星司さんは平然と、私の少し乱れていた服を直した。それでばつが悪くなる。しかし、男の人、星司さんに抱き締められたのが恥ずかしすぎて耐えられなかったからなんていうのは、まるでウブな少女のようで説明できない。黙っていたらぽんぽんと軽く、星司さんの手が私の頭に触れた。

「拗ねてる季里さんも非常に可愛いのでキスしたくなりますが、人前なのでやめておきます」

冗談なのかと思って顔を見るが、星司さんはいつもどおりの真顔で判断できない。

「……拗ねてないし」

それでもからかわれている気がして、俯いて唇を尖らせる。

「そうですか」

星司さんに促され、病院を出た。

「お昼を食べてから出社しますよね？　体調がいいのなら季里さんお気に入りのオー

ガニックカフェにしようと思うんですが、どうですか」

車に乗り、シートベルトを締めながら星司さんが聞いてきた。

「……それでいい」

窓に肘をつき、そっぽを向いてまだ拗ねているフリをしながら答える。本当は、助けてくれて嬉しかった。それにこうやって気を遣って、私の大好きなお店に連れていってくれるのも嬉しい。なのに素直にお礼を言えない、自分が嫌い。でも、星司さんの顔を見ると、素直になれなくなっちゃうんだよね……。

「わかりました」

星司さんの返事は素っ気ない。それはいつもどおりのはずなのに、どうしてか呆れられた気がして怖くなった。


週末の休み、ぼーっとリビングで映画を観ていた。最近の私はおかしい。どうしてこんなに、星司さんを意識してしまうのか。あんな笑顔を見てしまったからといえばそうなのだが、いつまでも引きずる必要はない。それだけでも悩みの種なのに、さらに星司さんに嫌われたらどうしようという恐怖がつきまとう。なら素直になればいいだけなのに、なれない。出口のない迷路に迷い込んだみたいだ。

「ああもう、わかんなーい！」

気分転換にラブロマンスなんて選んだのが悪かった。ヒロインの行動が逐一、最近の私に重なる。私は星司さんに恋をしている？　でも恋って、辰巳に抱いているような感情のはず。もっとこう、ふわふわロマンチックで、こんなに相手の行動に一喜一憂するようなものじゃないはずだ。

「なにを観てるんですか？」

「うわっ！」

唐突に目の前に星司さんの顔が現れ、ザッピングしていたリモコンをつい放り投げていた。

「あっ、えっと、なにを観ようか選んでたとこ」

テーブルの上に落ちたリモコンを、そろそろと引き戻す。

「僕も一緒に観ようかな」

「ひぃっ」

星司さんがすぐ隣に座り、思わず悲鳴を上げた。そのまま、光の速さでソファーの隅まで行き、距離を取る。

「なんで逃げるんですか？」

私とのあいだに手をつき、ぐいっと星司さんが身を寄せてくる。

「そんなに僕の隣は嫌ですか?」

眼鏡の奥から真っ直ぐに見つめられ、だらだらと変な汗をかいた。

「す、隅っこに座りたい気分なだけだから!」

自分でも、滅茶苦茶な理由だと思う。それでも、これで納得してほしいと願う。しかし。

「じゃあ、僕は季里さんの隣に座りたい気分です」

距離を詰め、星司さんが隣に座ってくる。左側は星司さん、右側は肘掛け兼サイドテーブルに挟まれ、逃げられなくなってしまった。

「なに、観ます? あ、これ、職場の女性たちがよかったって言ってましたよ」

星司さんがリモコンを手に選んだのは、またしてもラブロマンスだった。

「これでいいですか?」

いいですかもなにも、早く映画を観てしまってこの状況から逃げ出したい。その一心でこくこくと壊れた人形みたいに頷いた。それにどうせ、いっぱいいっぱいでなにを観たって頭に入ってこない。

「じゃあ」

星司さんの手がボタンを押し、映画が始まる。映画を観ながら隣に座る星司さんをちらり。星司さんもこのヒーローくらい感情がわかりやすかったら……ダメだ。こんなに四六時中、笑いかけられたら心臓が持たない。うん、今の無表情のほうが助かる。

などと、最初の頃はあんなに不満だった彼の真顔に、なぜか感謝していた。

いつの間にか映画の中ではふたりが想いを通じあわせ、濃厚なキスシーンを繰り広げている。

……き、気まずい。

観ていられなくて視線を逸らす。なのに。

「季里さんの」

「はぃーっ!?」

予告なく声をかけられ、つい声が裏返った。

「ファーストキスはいつですか？」

「ふぁ、ふぁーすと、きすぅー？」

田舎のおじいちゃんのような発音で、ぎくしゃくと星司さんの顔を見上げる。じっと私を見つめている星司さんが、どういう意図で尋ねているのかわからない。ただの興味本位なんだろうか。

「はい、ファーストキスです。季里さんのファーストキスはいつですか」

同じ問いを繰り返す星司さんは、至極真剣だ。きっと、はぐらかしたら怒られる。じっとその目を見つめたまま、震える唇を開いた。

「け、結婚式の、……とき」

「そうですか」

私の答えを聞いて、一気に星司さんの緊張が解けた気がした。

「じゃあ、この可愛い唇に触れたのは、僕だけですね」

星司さんの手が私の頬に触れ、そっとその親指が私の唇をなぞる。レンズの向こうからは妖艶に光る黒い瞳が私を見ていて、視線は逸らせない。

「キスも、その先も、季里さんのハジメテの男が僕で嬉しいです。……でも」

ゆっくりと近づいてくる彼の顔を、ただ見ていた。

「……唯一の男にしてもらいますけどね」

耳もとで囁き、星司さんが離れる。熱い吐息のかかった耳を、無意識に押さえていた。再び目のあった彼が、ほんの僅かに口角を持ち上げる。それを見て、顔が爆発したかのように熱くなった。いや、ぼふっと音がした気がするから、本当に爆発したのかもしれない。

「えっ、あっ、ああーっ！」

声にならない悲鳴を上げ、勢いよく立ち上がる。

「えっ、季里さん？」

ひとり困惑する星司さんを残し、私はその場を逃げ出していた。

自分の部屋に入り、ドアに背を預ける。そのままずるずると座り込んだ。

……えっ、あっ、あれ、なんなの？

ハジメテが嬉しい、というのはわかる。たまに、処女を奪ってやったーとか自慢している男がいるくらいだ。……ああいうゲスな人間と星司さんが同じだとは思いたくないが。でも、〝唯一の男〟って？　これから先も星司さん以外に経験がなく、一生を終えるという意味？　ということは、浮気をするなということか。そりゃ、子供もできたんだし、その手前、浮気なんかできないよね。まあ、父みたいにする人間はするんだけれど。それに私が好きなのは辰巳だし、その辰巳からは振り向いてもらえる可能性なんてなさそうだし、となれば浮気なんてありえない。なんか熱烈な愛の告白をされた気がしたが、冷静に考えたら当たり前のことを言われただけか。星司さん、すぐ私をからかってくるけれど、真顔だからわかりづらいんだよね。それに、映画があれだったし。

納得いく答えにたどり着き、気持ちも落ち着いて立ち上がる。

「私が好きなのは辰巳、だし」

そのはずなのに、こんなに言い聞かせないと自信がないのはなんでだろう？

「季里さん、どうしたんですか？」

少ししてドアがノックされ、星司さんの声が聞こえてきた。たぶん、あまりにも不審な行動を取ってしまい、心配させている。

「えっ、あっ、……そう！　今日中にやってしまっておかなきゃいけない仕事を思い出しただけだから！」

これで納得してくれなければ、他の理由は思いつかない。祈るような思いで返事を待つ。

「わかりました。じゃあ、邪魔はしません」

すぐに星司さんの足音が離れていき、ほっと胸を撫で下ろした。

仕事があると嘘をついたが別にすることがあるわけじゃないので、タブレット片手にベッドでごろごろしながらまんがを読む。

「あ」

このキャラクター、辰巳に似ているなと思いながらふと気づく。そういえばここのところ、全然辰巳のことを考えていない。妊娠がわかってからいろいろあったし、たぶんそのせいだろう。辰巳よりも星司さんのことばかり考えている……なんてやはり、気のせいだ。

第五・五章　避けられる理由

今日から一週間の上海《シャンハイ》出張が憂鬱で仕方ない。だって一週間も季里さんと離れて生活しなければならないのだ、一日、いや一時間、一分一秒だって季里さんと離れたくない僕としては、耐えられないに決まっている。それでも避けられない仕事なので嫌々行くのに、さらに。

「いってきます」

玄関まで見送りに来てくれた季里さんにキスしようとしたら、顔を背けられた。

「季里さん？」

「えっ、あっ、えっと。いってらっしゃい！」

目もあわせずにそれだけ言い、季里さんが家の中へと入っていく。

「あ……」

呼び止めようとしたが、すぐに季里さんの部屋のドアがバタンと閉まる。上げかけた手を虚しく握りしめた。とうとう、季里さんに嫌われてしまった。もしかしたら僕の顔を見るのも嫌なのかもしれない。そうならば早く、ここから離れるべきだ。なお一層重くなったキャリーバッグを引きずり、僕は空港へ向かった。

「はぁーっ……」

上海へと向かう飛行機の中、ひとしきり仕事を終えてパソコンを閉じならため息をついた。ついに恐れていた事態になってしまった。いつか季里さんにも嫌われるんじゃないかと思っていたが、現実にそうなるとてつもなくダメージが大きい。おかげでどうやって空港へ来て、飛行機に乗ったのかすら、記憶が曖昧なくらいだ。最近の季里さんの様子がおかしかったのは、こういうわけだったのか。しかし、細心の注意を払っていたはずなのに、僕はいったいなにをやったんだ？

「なにって……なんだろう？」

コーヒーを飲みながら、またため息が出る。いくら考えても思い当たる節はない。しかしきっと、こうやってなにが悪かったのかすらわからない僕が悪いのだろう。

「そうだ」

珪子さんになにか季里さんが言っていなかったのか聞いてみるのはどうだろう。いい考えな気がして身を起こして携帯を掴む。けれど格好のネタを与えるだけだと気づき、身体をまた背もたれに預けた。

季里さんの秘書であり親友でもある珪子さんとは、季里さんになにかあったときのためにかなり早い時期に連絡先を交換した。彼女はどうも僕の季里さんに対する気持ちに気づいているようで、面白がって……もとい。陰ながら応援してくれている。だいたい、ほとんど話したことすらない珪子さんでさえ僕の気持ちに気づいているのに、どうして当の季里さんが気づかないんだ？　最初のうちこそ戸惑っていたキスも、すぐにただの挨拶としか思わなくなっているようだし。そのキスも、今朝は避けられたし。……あ、思い出すとまた、落ち込んできた……。

ゆっくりとコーヒーを飲みながら季里さんとの生活を思い出す。妊娠は申し訳ないことをしたと思う。僕の身勝手な行動の結果だ。でも、彼女が妊娠したと知って、これ以上ないほど嬉しかった。これで季里さんと確かな繋がりができた。少なくとも家族にはなれる。それからは季里さんがさらに可愛くて仕方なくて、嫌味すら愛の囁きに聞こえる……とか言ったら、引かれるだろうか。――しかし。

『どうして星司さんは避妊してくれなかったの？』

あの日の季里さんの問いが、ナイフとなって心臓に突き刺さった。妊娠してもかまわない、そんな軽い考えだったんだろうと責められても仕方ない。けれどあの夜、季里さんとの子供なら欲しいと思った。なぜ、そんなことを？　と考え、たどり着いた答えは。

「……僕は季里さんを愛している」

言えば、彼女もそれなりに納得してくれるのはわかっていた。でも、あのときは言えなかったのだ。季里さんには好きな人がいる。あの、辰巳とかいう男だ。季里さんにとってこの結婚は、致し方ないものだと理解している。なのに僕が彼女を好きだと言ったら？　真面目な彼女のことだ、きっと僕との関係に悩むに決まっている。それでなくても妊娠してから慣れない環境と体調不良で不安定になっている彼女に、これ以上負担をかけたくない。ならば僕は甘んじて彼女に責められよう。

けれど季里さんは、いつか話してくれるなら今は聞かないと、とりあえず許してくれた。こんなにも優しく、けなげな彼女が狂おしいほど愛おしい。

同僚であり唯一の友人に、最近、僕の空気が柔らかくなったと指摘された。それもこれも季里さんのおかげだ。もう二度と溶けないと思っていた僕の心を溶かすばかりではなく、春まで呼んできてくれた。笑うともっと可愛くなる、僕の女神。

「……今度は、失敗しない」

ポケットから指環を出し、眺める。あの日、結婚を考えていた彼女から突き返された婚約指環だ。あのときはなにを言われているのかわからず、ただ呆然と去っていく彼女を見送った。けれど、季里さんとはそんな事態になりたくない。それにきっと、今度は彼女に縋って行かないでくれと懇願するだろう。それくらい僕は、季里さんに執着していた。

『季里さんのファーストキスはいつですか』

もしあのとき、季里さんが僕以外の名前を出していたら。僕はどうしていたのだろう。想像すると、怖い。答えは結婚式のとき、相手は僕で、これ以上ないほどの喜びを与えてくれたが。しかも気分がよくなって、そのあと少々……かなりやりすぎた。

「唯一の男にしてもらう」？　いったい、何様だよ。思い出すと今すぐ、この下の貨物室にでも隠れたくなってくる。けれどうっすらと涙を浮かべ、怯えたように僕を見ている季里さんに、加虐心をくすぐられた。——季里さんを誰にも渡したくない。できるならどこかへ閉じ込めて誰にも会わせずに、僕だけしか見えないようにしてしまいたい。そんな仄暗い欲望が心の奥で燻っている。僕はこんなにも嫉妬深く、独占欲が強かったのかと驚いた。

とにかく、季里さんは彼女が僕の子供を妊娠しているので大事にしてくれていると思っているようだが、それ以前に彼女は僕にとってかけがえのない存在なのだ。この気持ちを伝えればわかってくれるんだろうか。しかしそれで迷惑がられ、嫌われたらと思うと怖い。

それはそうと、もしかしたら僕は別れた彼女と同じように、季里さんを不安にさせているのかもしれない。とにかく思いつく限りの謝罪をせねば。シートから身体を起こし、僕は猛然と季里さんへメッセージを打ち始めた。

「よしっ、と」

すべて送り終え、すっかり冷めてしまったコーヒーを飲む。なかなか既読にはならないが、……もしかして、調子が悪くなって寝ている？　だとしたら立て続けに通知音など立てて悪いことをした。さらに謝罪の言葉を送ろうとしたが、それはまた迷惑をかけるだけだと思いとどまる。

「……ん？」

僅かに目眩がした気がして、倒れ込むようにシートへもたれかかる。季里さんの妊娠がわかってから、少しでも彼女のための時間を作ろうと持ち帰ってまで仕事をしていた。休みすぎだと父は文句を言いたいようだが、そんな隙は与えずに完璧に仕事をこなしてみせる。出張は断り続けたが、さすがに先方からの指名と父の命令では断りきれなかった。おかげで、さらに無理をしている。疲れているのかもしれない。まだ着くまでに時間があるし、少し眠ろう……。

上海に降り立ち、ホテルに入る。ひと息ついて携帯を確認すると、季里さんから返信が届いていた。

【マタニティブルーなの。気にしないで】

それを見て、激しく落ち込んだ。妊娠中はなにかと情緒不安定になるとすでに学習していた。わかっていたのにこんなふうに季里さんに気を遣わせてしまった自分が情けない。そうだ、少しでも気分が晴れるように花を贈ろう。元気が出るように黄色がいいかな。あとは……なにか、素敵なプレゼントを買って帰ろう。季里さん、喜んでくれるかな。彼女の喜ぶ顔を想像したら、すぐにでも帰りたくなってきた。

第六章　大事な人

日曜、星司さんが一週間の上海出張へ旅立つ朝。

「季里さん、いってきます」

見送りに出た玄関で、いつものように星司さんの手が私の頬へ触れる。今までは普通にできていたのに、なぜか急に星司さんとキスするのが恥ずかしくなった。それでつい、顔を背けてしまう。

「季里さん？」

きっと、拒否されて星司さんは怒っている。それに、なんと説明していいのかわからない。

「えっ、あっ、えっと。いってらっしゃい！」

吐き捨てるようにそれだけ言い、自分の部屋に逃げ込む。絶対、今ので嫌われた。

恥ずかしかったと言えば済むだけの話なのだ。ちゃんと伝えなければ、気まずいまま星司さんのいない一週間を過ごさなければならない。

「星司さん……」

おそるおそるドアを開けて外をうかがったが、そこにはすでに彼の姿はなかった。

「はぁーっ……」

自分の口から憂鬱なため息が落ちていく。

「謝らなきゃ……」

でも、なんて？　携帯を片手に、ソファーに倒れ込む。最近の自分はおかしい。辰巳から可愛いだのなんだの言われても嬉しい気持ちはあったが、それだけだった。でも星司さん相手だとドキドキして上手く自分の気持ちを言えなくなる。これっていったい、なんなんだろう……？

気晴らしはしたいが、外には出たくない。なので、珪子を呼び出した。急な呼び出しに苦笑いしながら、適当に食べるものを買ってきてくれるという。やはり、持つべきは優秀な秘書……もとい。親友だ。

「おっじゃましまーす！」

一時間後、珪子が大量の荷物と共にやってきた。

「妊婦がハマって食べるって聞いたから」

渡された袋の中身は、大手チェーン店のハンバーガーセットだった。

「ほんとに？」

今はつわりが落ち着いたからいいが、酷い時期の私だったら絶対無理。

「なんかさー、無性にここのポテトが食べたくなるんだって。栄養価的にも理に適ってるって、前にNyaitter《ニャイッター》で見た」

「ふーん」

半信半疑だが、それでもこのところこういうものを食べていなかったし、嬉しいかも。ちなみにNyaitterとは、主に短い文章を投稿するSNSだ。うちの会社でも宣伝に利用している。

ひさしぶりのハンバーガーを堪能しながら、ふたりだけの女子会を開く。お酒が飲めないのは残念だけれど、今日はジンジャーエールで我慢、我慢。

「もーさー、星司さんに嫌われたらどうしよう……」

「はぁ？　あんた、なんかやらかしたの？」

「うっ」

呆れたような珪子の問いが、胸に突き刺さる。

「……やらかしたというか、なんというか」

つい姿勢を正し、視線を泳がせてしまう。

「なに？　ちょっと話してみなさないよ」

いざ話そうとして躊躇った。しかし、そのために珪子を呼んだようなものなのだ。それに、星司さんが帰ってくるまでに解決しておかなければならない。思い切ってそろりと、口を開いた。

「あの、ね。……星司さんがかまってくれるとドキドキして、変な態度を取っちゃうんだけど」

「はぁっ？」

珪子の怒ったような声で、肩がびくっと大きく跳ねた。

「女子高生の初恋かっつーの。いや、今日日の女子高生のほうがもっと進んでるわ」

行儀悪く、摘まんだポテトを珪子が振り回す。

「女子高生の初恋……」

それって私が、星司さんに恋をしているってこと？

「いや、ない。私が星司さんを好きだとか、ぜーったい、ない」

これが恋だなんて、絶対にありえない。だって、恋って私が辰巳に抱いているものでしょ？　全然、違うもの。

「なんでないって言えるの？」

ビシッと珪子から鼻先にポテトを突きつけられたが、時間が経っていたそれはふにやりと先端が垂れた。

「だって、別に辰巳には素直にお礼言えるし。嫌われたらどうしようとか悩まないし。こんなに苦しくならないし……」

自分で星司さんに嫌われるような態度を取っているのに、彼に嫌われるのが怖い。嫌われて離婚とか言われるのを想像したら、泣きたくなる。仮面夫婦なんだから浮気なんて当たり前とわかっていても、星司さんが他の女と……なんて想像したら、気が狂いそうになる。

「わかった、わかった。それ全部、旦那に正直に話しな？　それで全部、解決するからさ」

「なんで？」

珪子の言っている意味がわからない。星司さんだってこんなわけのわからない話を聞かされたって、困るだけじゃないのかな。

「いいから、いいから。季里がこんなお子ちゃまで、旦那も苦労するわねー」

苦笑いしている珪子ひとりで解決し、肝心の私は完全に置いていかれていた。

星司さんがいないのをいいことに、ふたりでだらだらB級ホラー鑑賞する。

「なんで寿司が、人間襲ってくるのよ。どこに知性があるの？」

「それを言ったらおしまいよ」

ストーリーの根底を揺るがす珪子の発言に笑いながら、何時だろうと携帯を手に取る。ノンストップ上映会をしていたので、窓の外には夕闇が混ざり始めていた。

「あ、充電切れてる」

そういえば珪子に電話したときに残りが少ないのに気づいて、充電しなきゃと思っていた。でもせっかく珪子が来るんだし……といろいろやっていたら、すっかり忘れていた。そのあいだ携帯を置いて家の中をうろうろしていたし、警告音にも気づかなかったんだろう。

「ちょっとケーブル取ってくるー」

部屋に戻り充電ケーブルを握ってリビングに戻る。サイドテーブルにあるコンセントに挿し、携帯に繋いだ。電源を入れて携帯が立ち上がると同時に、ピコピコとひっきりなしに通知音が鳴る。

「えっ、星司さんからメッセージ来てる……」

通知はいくつも画面に上がっては、どんどん流れていく。とりあえずアプリを立ち上げ、メッセージを確認した。

「なんて?」

「最近、季里さんに避けられている気がします。なにか気に障るようなことをしてしまっていたのなら、謝ります……って」

今朝、あんな態度を取ってしまった私を、星司さんはきっと怒っていると思っていた。なのに、こんなふうに謝ってくるなんて。

「それだけ？」

「僕は気づかずに季里さんを傷つけてしまっていたんでしょうか、なにかしたのなら教えてほしいです」

星司さんはなにも悪くない。悪いのは変に意識してしまう私だ。けれど星司さんはさらに、大反省会を繰り広げていた。迎えがちょっと遅れたとか。知らなくて私の苦手なゴーヤを出してしまったとか。トイレに入るタイミングが悪く、私を待たせてしまったとか。そんな、どうでもいい謝罪が続いていた。

「なぁに？　旦那、凄くいい人じゃない」

「あっ、ちょっと！」

私の手から携帯を奪い、珪子は星司さんからのメッセージを確認している。

「ほら。正直に〝星司さんを意識してしまって変な態度を取ってしまうんです、ごめんなさい〟って返しな？　それで全部解決だから」

ひとしきり読んで、珪子が携帯を私に突きつけてくる。それを受け取り、メッセージを打ちかけて指が止まった。

「……ねえ。それって好きって言ってるのと一緒じゃないの？」

いまさらながら、先日見たラブロマンス映画と同じだと気づいた。好きだから意識しすぎて彼の前では失敗してしまう。今の自分はあのヒロインと同じだ。

「今頃気づいたの？」

はぁっと小馬鹿にするように珪子がため息を落とし、カチンときた。でも鈍すぎる私が悪いので、なにも言えない。

改めて携帯の画面を見る。星司さんに好きだなんて、遠回しでも言えるはずがない。少し考えて、画面に指を走らせた。

「なんて送ったの？」

「ひみつー」

こんなの知られたら、またなにを言われるかわからない。今度は見られないように、携帯を死守した。

珪子が帰るとひとりになる。

「ひとり、か……」

この家で暮らし始めて、こんなに長い期間ひとりで過ごすのは初めてだ。最初の頃は同居生活なんて……と思っていたが、今は淋しいと思っているのはなんでだろう。やはり私は、星司さんを好きになっている?

「星司さんが、好き」

小さく呟いてみると、胸の中がほわっと温かくなった。私は辰巳を忘れて星司さんを好きになっていいのかな。けれどそれは、星司さんを辰巳の代わりにするようで、罪悪感を覚えた。

翌日、仕事から帰ってきたら立派な花束が贈られてきていた。いないあいだに届いたのを、家政婦さんが受け取ってくれていた。

「星司さん、からだ……」

しかしそれは、黄色の薔薇の花束で、困惑した。黄色の薔薇の花言葉は「友情」だが、「不貞」「嫉妬」「薄らぐ愛」など妻に贈るにはふさわしくない意味もある。もしかして浮気予告……? などと一瞬考えたが、昨日あんなメッセージを送ってきた彼が、浮気なんてするはずがない。きっと明るい気分になれるようにと、花言葉の意味など考えずにビタミンカラーの黄色を選んだんだろう。

「気遣ってくれたんだ……」

マタニティブルーだなんて、嘘をついて申し訳なかった。でも、気遣ってすぐにこんな花束を贈ってくれるなんて嬉しすぎる。早速、星司さんにお礼のメッセージを送る。ちょうど手が空いていたのか、すぐに折り返しの電話があった。

『少しでも季里さんの気が紛れたならよかったです』

「出張中なのに、わざわざありがとう。できるだけ星司さんが帰ってくるまで持たせるね」

一週間後なんて枯れてしまうだろうか。でも、こんなに立派な花束だったのだと実物を星司さんに見せたい。

『いいんですよ。それよりも今まで季里さんがつらかったのに気づいてあげられなくて、すみません』

昨日もあんなに詫びてくれたのに、今日も星司さんは私に謝ってくれる。そういう優しい星司さんに、胸がきゅんと甘く締まる。

「わ、私も、変な態度を取ってすみませんでした」

別に気づいてほしいと思ってない！　と口走りそうになったが、かろうじて抑え込む。また、星司さんを変に悩ませたくない。

『気にしなくていいんですよ。マタニティブルーじゃ仕方ないです。つらいときや不安なときはなんだって言ってください。僕はそのためにいます』

「……ありがとう、星司さん」

あとは少しだけ今日の出来事を話して電話を切った。星司さんは本当にいい人だ。好きでもない私にも、自分の子供を妊娠しているってだけでこんなに優しくしてくれる。本当に星司さんは女の人に興味がないのかな。だったら、子供の母親として好意は抱いてくれるかもしれないが、ひとりの女としては愛してもらえない。

「また不毛な恋、か……。いやいや、私は星司さんなんて好きじゃないし」

苦しい恋はもうしたくない。それに、まだ私が星司さんを好きだと、決まったわけでもない。

次の日、星司さんから贈られた花束の一部を、会社に持っていった。分けて家中に飾っても有り余るほど大きな花束だったのと、せっかくだから会社でも楽しみたい。

「珪子ー。これ、飾って」

持ってきた薔薇を珪子に渡す。

「どうしたの、これ？」

突然私が花なんて飾ってくれとか言うから、珪子は怪訝そうだ。

「星司さんが贈ってくれたの。すっごい大きな花束でね？　びっくりしちゃった」

「ふーん、花束、ね……」

なぜか彼女はニヤニヤ笑っているが、上機嫌な私は気にならなかった。

机に薔薇を飾ってもらい、今日も業務をこなす。薔薇が目に入るだけで頑張ろうって気持ちになれるのはなんでだろう？　やっぱり、元気の出る黄色だからかな。

「事業計画書ってなに書けばいいんだろ……」

パソコンを前にうんうん唸る。融資の申し込みはすでにしてあり次は書類提出なのだが、そこで躓いていた。

融資は松菱系列以外の銀行に申し込んだ。家族だったら審査が甘くなるのでは……なんて期待がなかったといえば嘘になる。けれどそういう疑いをかけられて彼の立場が悪くなるのは嫌だし、会社の内実を知られるのは抵抗があった。いや、星司さんに知られるのはいいのだ。反対にアドバイスもらえないかとか思うし。でもお義父さんには知られたくない。それでなくても子供が生まれても働き続けたい私に若干の不満があるようなので、なおさらだ。

経理関係の書類は経理部長に頼んである。彼は弱小我が社にはもったいないほどの優秀な人間なので、それは問題はない。問題は私が作らなければならない、事業計画書だ。

「今後のビジョンや経営戦略でしょ」

「それはそうなんだけど……」

珪子の返事は素っ気ない。要するに、祖父から開業資金を借りたときに話したような内容をまとめればいいのはわかっているが、いざ書類にしようとすると難しかった。

「資料がいるならいくらでも出すから言って」

「……うん」

もう銀行から融資とか諦めて祖父から借りたほうが楽でいいんじゃないか、なんて考えが頭の隅を掠めていき、慌てて頭を振って振り払う。いつまでも実家に甘えず、自分自身の力でやっていこうと決めたのだ。ならばこれは、なんとしてでも書き上げなければ。

顔を上げて目の前に飾られている黄色の薔薇を見て、星司さんが応援してくれている気になった。

「よし！」

再びキーの上に指を置き、ポチポチと私は書類を作成し始めた。

事業計画書の骨子ができたところで今日は帰る。家に着いたのを見計らったかのように、携帯が通知音を立てた。星司さんかと思ってバッグをソファーに放り投げて画面を見たのに、届いていたメッセージはは辰巳からでがっかりした。……ん？　なんで星司さんからではなく辰巳からだとがっかりするんだ？　いつもなら嬉しいはずなのに。

「えっと……」

確認した内容は戌の日参りはこの日でどうかという打診だった。もう五ヶ月に入り、体調も安定しているので近々行こうと星司さんとは相談していたが、実家にはまだひと言も言っていない。きっと私の都合など考えず、父の一方的な取り決めだろう。

「……やだな」

などと言いつつ断るすべを知らない私は、星司さんに聞いてから返事をすると返信を送った。

重い気持ちで星司さんにメッセージを送り、返信を待つ。――しかし。

「星司さんから返事がなーい」

ソファーでごろごろしながら携帯を見つめる。けれど、返信どころか既読にもなっていない。いつもは大事な身体なんだから早く寝ろと言う癖に、もう十一時になろうとしていた。

「浮気、現地妻と浮気ですか？」

わざと冗談めかして口にしながら、いたらいたで女性に興味があったんだと反対に安心するかも、などと変なことを考えて苦笑いしてしまう。ちょっと温かいものでも飲んで落ち着こうとキッチンへ行きかけたら、携帯がようやく通知音を立てた。

【戌の日参り、承知いたしました。その予定でけっこうですと、お伝えください】

「ん？　んん—？」

いつもどおりだといえばそうだけれど、違和感を覚えた。毎回、分身のように貼ってある眼鏡男子のスタンプが今日はない。それに普段は硬い文面でも、どこか温かみがあるのだ。……私がそう思っているだけかもしれないが。でもこれは、酷くビジネスライクで素っ気ない。

「なにか、あった……？」

胸騒ぎがする。速攻で私は、星司さんに電話をかけた。

「星司さん？」

『はい』

たったひと言だけれど、それだけでピンときた。声が、少し重い。

「なにかあったの？」

『なにもないですよ。あ、そうだ。こちらで若者に人気の化粧品を教えてもらったので、買って帰りますね』

星司さんは普通に振る舞っているが、絶対になにかあったと確信した。

「星司さん。なにかあったんでしょ？　隠し事はしないで。……家族、なんだから」

あなたが酷く心配だから、という言葉は飲み込んだ。まだ私が彼を好きかもしれないなんて、知られるわけにはいかない。

『すみません、嘘をつきました』

「うん、それで？」

彼の口からなにが飛び出してくるのか、落ち着かない。それでも次の言葉を待つ。

『今日は、倒れてしまって。それでさっきまで、寝ていました』

「えっ、ちょっ！」

反射的にソファーから立ち上がっていた。

「倒れたってなに？　大丈夫なの？　医者には診てもらった？　もしかしてとんでもない病気とか⁉」

いてても立ってもいられず、苛々とその場を歩き回る。倒れた、って？　星司さんになにかあったらどうしよう。不安で不安で堪らない。指先が冷えて、携帯を持つ手が細かく震える。

『季里さん、落ち着いて』

「今すぐそっちへ行く！　飛行機、あるのかな……」

『落ち着いて、季里さん！』

部屋へパスポートを取りに行こうとしたところで、星司さんから強い声を出されて足が止まった。

『落ち着いてください、季里さん。ただの疲労と寝不足です。少し休めば治ります』

「ああ、そう……」

急に気が抜けて、その場にぺたりと座り込んだ。よかった、たいしたことない。いや、過労で死ぬ場合もあるし、油断はできないが。

「そんなに仕事、忙しかった……」

そこまで言って、止まる。星司さんの疲労には心当たりがあった。私の妊娠がわかってから、毎日送り迎えしてくれている。具合が悪くなったときも早退して迎えに来て、ついていてくれた。それに、いつも健診にも付き添ってくれる。こんなに私に時間を割いて、普通に仕事ができるはずがない。きっと、無理をしていた。

『季里さん？』

「好きでもない女に尽くして倒れるなんて、バカなの？」

違う、私は星司さんに感謝したいのだ。こんなときまで嫌味を言ってしまう自分が恨めしい。早く、きちんと星司さんにお礼を言わなければ。

『季里さんは僕の大事な人です』

その言葉にドキッとした。私が星司さんの大事な人？　それって星司さんは私が好きってこと？　期待で胸が膨らむ。しかし。

『僕の子供を妊娠している季里さんは、僕の大事な人です。大事な人に尽くして、悪いんですか』

「ああ、そう……」

一気に期待が萎んでいく。〝大事な〟って、そういう意味か。

「私にとっても星司さんは大事な人よ？　だって、この子の父親なんだから。この子を父親のいない子にしないで。私にかまってくれるのは嬉しいけど、これからはほどほどにして自分を大切にして。わかった？」

『……はい、わかりました。ご心配をおかけして、すみませんでした』

「わかればいいのよ、わかれば」

星司さんが神妙に返事をし、少しだけ気が晴れた。

翌日、実家へ直接、返事を言いに行った。

「もー、聞いてよ辰巳ー。昨日、星司さんが出張先で倒れてさー」

せっかく娘が来たというのに、父は人と会う約束があると出ていった。母も母で婦人部の会合があるとかでいない。もっとも、この家に家族三人が揃うなんて稀なので、気にしていなかった。そういうわけで辰巳が、私の相手をしてくれている。

「それは大変じゃないですか。

「もうさ、それが、私の世話を焼きすぎて疲労と寝不足だったたっていうのよ。もー、心配しすぎて損したー」

行儀悪くテーブルの上に顎を預ける。昨晩の私は星司さんに止められなければ、後先考えずにパスポートと携帯だけを掴んで家を飛び出していた。あんなに取り乱すなんて、今となっては笑い話でしかない。

「季里お嬢様は星司さんを、愛していらっしゃるのですね」

「へっ?」

辰巳に妙な指摘をされ、変な声が出た。

「あ、愛しているとか、ないし。お父さまに命令されて、仕方なく結婚しただけ、だから」

否定しながらも言葉はどこかぎこちなくなる。でも不思議と、嫌な気持ちにはならなかった。

「さようですか。最初は嫌いでも、そのうち自然と愛しあっていくのが夫婦というものですよ」

「ふぅん、そんなものなの？」

「はい」

辰巳が笑って私に頷いてくれる。それを見て、老けたなと感じた。もう三十八だし、当たり前といえば当たり前だが、昔はこんなに笑い皺が深くなかった。肌の張りもなくなっている。そしてなにより。

「辰巳、疲れてるの？」

顔色が少し、悪い気がする。

「そうですね、このところ忙しかったですから」

「もー、若くないんだから無理しないでよね。いつかみたいに倒れたらここの事務所、回らなくなっちゃうんだから」

私が大学生のときだから、もう五、六年前。辰巳が過労で倒れた。あのときは私の目の前で、突然電池の切れたおもちゃのロボットみたいにパッターン！　と倒れて驚いたものだ。

「そうですね、またお嬢様に『辰巳、死なないでー！』なんて泣かれると困りますからね」

「……それは言わないお約束よ」

思い出しているのか、くすくすとおかしそうに辰巳が笑う。おかげで熱くなった頬を誤魔化すようにお茶を口に運んだ。ちゃんとほうじ茶にしてくれているあたりが、辰巳らしいと思う。

「そうだ。この子が生まれたら辰巳、シッターしてよ」

子供が生まれたあとはベビーシッターを雇うことで星司さんとは同意が取れていた。それが辰巳なら、非常に安心だ。

「嬉しいですが、先生の傍を離れるわけにはいきませんので」

やんわりと笑顔で断られ、むっとした。

「えー、お父さまなんて放っておけばいいのに。秘書だって他にもいるんだからさ」

「そういうわけにはいきません」

辰巳は相変わらず笑顔だが、私の希望には応えてくれない。まあ、彼にとって私よりも父が優先すべき人なので、仕方ない。

ひとしきり話をし、呼んでもらったタクシーで家に帰る。今日、辰巳と話していて前に感じた違和感がさらに大きくなった。辰巳が倒れたとき、私は星司さんに抱いたような好きな人が突然いなくなる絶望よりも、保護者のいなくなる恐怖を感じていた。私が辰巳に追い求めていたのは恋人ではなく、父親ではないのか。そんな疑惑が拭い去れない。

「まあ、どっちでもいいし」

それよりも、最初は嫌いでも、自然と愛しあっていくのが夫婦というものだと辰巳は言っていた。なら、星司さんが私を愛してくれる可能性もあるんだろうか。だったら、いいな……。

週末、星司さんが上海から帰ってきた。

「ただいま、季里さん」

「おかえりなさい」

やはり星司さんとのキスは恥ずかしいが、今日は逃げなかった。

「体調は大丈夫なの？」

「もうすっかり」

リビングになにやら山のように持ってきた星司さんの顔色は、いいように見えてほっとした。

「おみやげです」

星司さんが開けた袋の中から、次から次に子供服が出てくる。しかも、ほとんどが女の子のものだ。

「星司さん」

「はい」

色とりどりの可愛い子供服に囲まれて、真顔の星司さんはある意味シュールだ。

「まだ性別もわかってないのに、こんなに買ってきてどうするの？」

「あ……」

さすがの星司さんも失敗したと悟ったらしい。少し、落ち込んでいるようだ。

「可愛い季里さんの子供なら、きっと季里さんそっくりな女の子だろうって決めつけてました……」

恥ずかしそうに星司さんが俯く。

「しかも途中でテンションが上がって、後先考えずにこんなにたくさん買ってしまいました……」

こんな星司さんは貴重で、私のほうがテンションが上がりそうだ。……それにしても。大量に広げられた服を見渡す。こんなに買うほど、星司さんでもハイテンションになるんだ。ぜひ、その様子が見たい。

「性別がわかったら、一緒にベビー用品を買いに行こう！」

つい両手で星司さんの手を掴んで迫っていた。

「そうですね、男の子だったら買い直さなければなりません……」

しょぼんと星司さんの肩が落ちる。星司さんには悪いが、こんなに落ち込んでいる彼を見られたというだけで、この服を買ってきてよかったと思います。

「でも」

私が少し強く声を出したからか、ぴくんと星司さんの背中が揺れた。

「こんなことに割く時間があるくらいなら、少しでも身体を休めて。星司さんになにかあったら困るんだから」

「はい。あれから気をつけているので大丈夫ですよ」

困った人だと笑ったら、星司さんは真面目に頷いてくれた。

「けど、こんなに子供のものばかり買ってきて、私にはおみやげないんだ？」

我ながら嫌味っぽかったと思う。しかし、定番のパンダグッズでもいいからもらえないと、私って星司さんにとってその程度の人間なんだと落ち込みそうだ。

「まさか。大事な季里さんへのおみやげを、僕が忘れるわけがないですよね」

星司さんが私の手を取って小箱をのせる。

「開けてみてもいい？」

彼が頷いたのを確認し、蓋を開けた。

「これ……」

中には、小ぶりで上品なダイヤのピアスが入っている。

「僕の子供を妊娠してくれたお礼です。ありがとう、季里さん」

眼鏡の向こうで目尻が下がり、緩いアーチを描く。うっとりと星司さんの手が私の頬を撫でて離れた。それだけで、顔が熱を持っていく。

「いつもつけていてもらいたくてシンプルなデザインのものにしたんですが、……どう、ですか？」

「仕事でも使えそう。ありがとう、つけてみるね」

早速、ケースから出したそれを耳につける。

「どう？」

「とても似合っています。綺麗ですよ、季里さん。あまりにも綺麗なので、……キス、したくなります」

星司さんの手が肩に置かれ、ゆっくりと顔が近づいてくる。自然と目を閉じてそれを待った。唇が触れるだけなのに、幸せだと感じるのはなんでだろう？

「季里さん。僕とのあいだに子供を作ってくれて本当にありがとう。どれだけ感謝を伝えても、伝えきれない」

ぎゅっと星司さんが私を抱き締める。

「私こそ。いつも気遣ってくれてありがとう」

このドキドキと速い心臓の音は私のもの？　それとも星司さん？　そうだったらいいのに。

「僕はこれから一生、季里さんを大事にしていきます」

「私も星司さんを大事にする」

幸せ。人を好きになるって、こういうことを言うんだろうな。……でも。星司さんが私に抱いているのは家族に対する愛であって、ひとりの女性としてではない。だから、星司さんを心の底から好きになるのが怖い……。

第七章　私の好きな人

星司さんが上海出張から帰ってきて十日ほど経ったその日、戌の日参りに行った。

……のはいい。どうしてわざわざ、平日に行かなきゃいけないの？　大安の戌の日で、縁起を担いでいるのはわかる。でも、私は仕事だし、当然星司さんだって仕事。しかもさらに昔からのご縁でとかで遠くの神社まで行くから一日がかりだし。ほんと、勘弁してほしい。……などと、心の中でぐちぐち文句を言いながら、斜め前に座る父の顔を無言で睨みつける。

「季里さん？」

「ううん、なんでもない」

あまりに父を睨みつけていたのか、星司さんに声をかけられて慌てて取り繕った。

そもそもにおいて、この席順すら不満といえば不満なのだ。今日は事務所の若手の運転で大型のミニバンだ。いつもは辰巳の運転なのに今日は助手席に収まっているのは、若手に経験を積ませるためなのかな？　それで、本日の主役は私のはずなのに、星司さんと共に三列目に押し込められていた。当然ながら父と母は二列目に座っている。

いや、主役とかどうでもいい。しかし妊婦に対する配慮は？　とか我が親ながら聞きたくなる。しかしそれが、父なのだ。

……話がズレたので戻そう。仕事のある平日に一日拘束されるのが、とにかく私の不満だった。私は会社勤務とはいえ、経営者なんて自由業に近いからある程度融通は利く。でも、星司さんは？　それこそついこのあいだ、無理をして倒れたばかりだ。だからこういう、仕事にしわ寄せがいくスケジュールは避けてほしい。……な一んて私が言えたのなら見合いなんかしなかったし、そうなれば星司さんと出会わなかった。だったらよかったのかといえば、それもまた手放しでは喜べない。……こうやって星司さんと結婚して、家族になったのはよかったなと思うけれど。

途中で休憩を挟みながら片道三時間で目的の神社に着いた。母もこの神社で安産祈願したらしいが、この道のりはつらくなかったんだろうか。

「季里さん、大丈夫ですか」

車を降りてすぐに星司さんが私の手を取り、軽く支えてくれる。

「ありがとう」

正直に言ってちょっと腰が痛い。しかしこれも、私が父へ自分の意見を言えない結果なので、文句は言えない。

安産祈願は父主導で進んでいく。妊婦は私だが、私たちは父の添え物のようなものなのだ。

帰ってきてさらに、父懇意の料亭で祝いの席が設けられる。

……帰りたい。

それが、私の正直な気持ちだった。往復六時間はさすがにつらい。

「季里さん。お義父さんに言って、断りましょうか」

私の疲労に気づいたのか、私にだけ聞こえるように小声で星司さんが提案してくれる。しかしあの父に意見してへそを曲げられたら、星司さんの立場が悪くなるだけだ。

「ううん、大丈夫。あと少しくらい、平気だから」

努めて明るく振る舞い、大丈夫だとアピールしたけれど。

「季里さんは大事な身体なんですよ？　無理をしてはダメです。ちょっと待っててください」

「あ、だから」

「お義父さん」

私が止める間もなく、星司さんが父へと身体を向ける。

「このような席を設けていただいたのに大変申し訳ないですが、季里さんがお疲れのようなのでこの辺で失礼させていただきます」

頭を下げる星司さんを、父は黙って見ていた。次に父の口からなにが出てくるのか、想像すると怖い。

「君は、誰に向かって口をきいているのかね?」

父は普通な顔を作っていたが、あきらかに怒っていた。それだけで私は、身も縮む思いだというのに。

「季里さんの父親である、孝親氏にですが。父親なら妊娠している娘の身を案じるのは当然だと思いますが、違いますでしょうか」

星司さんは真顔で、レンズを挟んで父と視線をあわせている。……もしかして、怒っている? なぜかそんな気がした。

「季里!」

「はい!」

父から大声で呼ばれ、反射的に返事をする。

「お前は帰りたいのか?」

じろりと父から睨まれ、つい否定の返事をしそうになった。しかしせっかく、星司さんが父に意見してくれたのだ。それを、台無しにするわけにはいかない。

「……帰って休ませてもらえると、嬉しい、です」

それでも、消極的な肯定の返事になってしまったが。

「わかった。なら帰れ」

父はかなりご立腹なようで、片膝を立てて横柄に酒を飲み出した。

「ご理解いただき、ありがとうございます。では、お言葉に甘えて失礼させていただきます。季里さん、行きましょう」

父にお礼を言って再び頭を下げた星司さんの態度が、慇懃無礼に見えるのは気のせいだろうか。

「お父さま、お母さま、今日は私のためにありがとうございました。じゃあ」

半ば、星司さんに追い立てられるように座敷を出る。

「タクシーを呼びますから、少々待っていてください」

玄関まで来て立ち止まり、星司さんはスーツのポケットから携帯を出した。

「じゃあ、そのあいだにお手洗い、行ってきてもいいかな？」

「はい、どうぞ」

配車手配をしている星司さんから離れ、ひとりでお手洗いへ向かう。出てきたら、辰巳が待っていた。

「季里お嬢様、少しお話いいですか」

「えっ、なに……？」

こんなに改まられることなど滅多にないので、気持ちがざわつく。

「これを」

辰巳が差し出したのは、今日行った神社とは違う神社の袋だった。

「その。差し出がましいようですが、母が私を産んだとき、ここの神社にお参りして非常にお産が軽く済んだと言っていましたもので。よろしければ季里お嬢様にと」

袋を開けてみると、中からは安産祈願のお守りが出てきた。

「ありがとう、辰巳」

あんな見栄と形ばかりの安産祈願よりも、こちらのほうが何倍も嬉しい。やはり、私にとって実の両親よりも辰巳のほうが、本当の親らしい。

「お嬢様。人妻が旦那様以外の男に、抱きつくものではありません」

辰巳の咎める声で、自分が彼に抱きついてしまっているのだと悟った。

「ご、ごめん、なさい」

あっという間に熱くなった顔で、辰巳から離れる。いくら嬉しかったからといって、これはない。

「お気をつけください」

「はい。すみませんでした」

うん、もう子供も生まれるんだし、こういうのは気をつけなくっちゃ。

「辰巳も今日はありがとう。じゃあ……」

そこまで言って、止まった。

「辰巳、凄く顔色悪いよ。もしかして今日、体調悪いのに無理してたんじゃ」

改めて彼の顔を見て、一気に不安が押し寄せてくる。このあいだも少し、顔色が悪いような気がしていた。

「照明の加減じゃないですか。ここ、少し暗いですから」

「なら、いいんだけど……」

辰巳は笑っているけれどそれ以上なにも聞かせない空気を発していて、話はそこで終わってしまった。

星司さんの元へ戻るとすでにタクシーは到着していた。

「遅かったですが大丈夫ですか」

星司さんは私を促し、奥へのせてくれた。

「うん、平気。辰巳がわざわざ、安産のお守りを買ってきてくれたの」

もらったお守りを星司さんに見せる。

「へえ、そうですか」

しかし彼の返事は、短くそれだけだった。しかも、いつもどおりの素っ気ない声のはずなのに、どこか突き放された気がするのはなんでだろう。

「よかったですね、好きな方から安産を祈願してもらえて」

「……う、うん」

星司さんは普通に感想を言っているだけだと思う。でも私には皮肉に聞こえた。これは私の願望？　それとも本当に星司さんは皮肉を言っている？　私にはどちらか、判断できなかった。

「そ、それにしても星司さん、よく父に意見できたね？」

気まずくなった空気を振り払おうと、新たな話題を振る。

「だってあの、泣く子も黙る深海議員だよ？　うちでは父の命令が絶対なのに」

しかし彼は平然と父に意見していた。そういえば、見合いのときもそうだった。

「誰だろうと、季里さんのためなら意見します。僕は、季里さんの味方ですから」

くいっと、星司さんが眼鏡を上げる。それで一気に、私は機嫌がよくなっていた。

「ありがとう、星司さん」

星司さんは私の旦那様で、この子の父親。たとえひとりの女としてみてもらえなくても、こんなに大事にしてくれて家族ってだけで満足じゃないか。私はそう、自分に言い聞かせていた。

「……ねえ。事業計画書ってなに書いたらいいの？」

「はぁっ？　このあいだ骨子はできたから、あとはまとめるだけでよかったんじゃなかったっけ？」

「そうなんだけど……」

珪子に呆れられ、ふてくされ気味に机の上に顎をのせる。一度はこれでいいと思って書き始め、半分以上ができあがっている事業計画書だが、これに会社の未来がかかっているとなるとだんだん自信がなくなってきた。

「これで大丈夫なのかな……」

銀行がダメになっても奥の手として祖父からの融資はあるが、できるだけ使いたくない。それにこれが上手くいかなければ所詮私の会社はその程度で、この先はないように感じていた。

「そんなに悩むなら旦那に添削してもらったら？　仮にも銀行員なんだし」

「うっ」

確かに星司さんに見てもらえば、建設的な意見を言ってくれそうだ。けれどそれは。

「……なんかズルしてるみたいで嫌なんだもん……」

いじいじと机の上を指でぐるぐるなぞる。他の会社は銀行員に添削してもらって提出するわけではないのだ。なのに私は星司さんからアドバイスをもらうなんてズルをしている気分になる。

「じゃあ頑張って自分で書くしかないでしょ」

「いたっ！」

丸めた書類で頭を叩かれ、軽くむくれて上目で睨む。

「そうだね」

これを乗り越えなければ、全世界の人にjoliesseを知ってもらうなんてただの夢で終わってしまう。弱音なんて吐いている暇はない、気合いを入れて書かなければ。

このままではいつまで経ってもできあがらないと、家に持ち帰って作業を続ける。

「季里さん」

ノックの音と星司さんの声が聞こえ、キーを打っていた手を止めた。

「なに？」

ドアを開けたら当然ながら星司さんが立っている。

「休憩、しませんか？」

彼が持つお盆の上には、湯気の立つカップがのっていた。

「あー、ありがとう」

カップを受け取ったものの、彼はまだ話をしたそうなので部屋に入れる。

「お仕事、忙しいんですか」

「んー？」

私が椅子に座ったので、星司さんは近くの棚に寄りかかった。カップを口に運ぶとレモンの爽やかな香りがした。最近、私が気に入っている、レモンフレーバーのルイボスティーを淹れてくれたみたいだ。

「ちょっとね……」

星司さんの視線がパソコンの画面に向いているのに気づき、さりげなくマウスを操作して最小化する。これは彼に話してもいいんだろうか。

「銀行に融資のお願いしようと思って、書類作りに手こずってる」

別に話したからといってなにもないので、正直に現状を告白した。

「よろしければなにか、アドバイスしましょうか」

私になにかと甘い彼だ、きっとそう言うだろうなと予想していたとおりの言葉が返ってくる。

「んー、いいー。だってそれって、ズルしてるみたいじゃない？　そういうの、なんか嫌」

「そうですか」

「うん」

笑って彼を見上げたら、唇が重なった。

「でも無理はよくないです。日付が変わる前には寝てください」

「そうするー」

「じゃあ、頑張って」

私の頭を軽くぽんぽんし、星司さんは部屋を出ていった。ドアが閉まると同時に顔が熱くなっていく。

……え、今のキス、なんだったの？

ごく自然にされたので流したが、今までのキスはほとんど挨拶だった。たまにあるそれ以外でも予告してからだったのに、さっきのは？　それに。

「なんか、機嫌よさそうだったな……」

私がなにかしたんだろうか。しかし、思い当たる節はない。

それからもしばらく、家でも唸りながら事業計画書を書いた。星司さんがお茶を淹れて休憩させてくれるので、それで気分転換もできていいものが書けたと思う。融資が通ったら星司さんにお礼しなきゃ。とりあえず書類は全部揃って提出し、次は面談日の連絡を待っている。


次の定期健診の日。星司さんはモニターに映し出される我が子の姿を凝視していた。

「女の子だと思います」

「そうですか」

医師の言葉で星司さんの纏う空気が緩む。まあ、それはそうだろう。あれだけ大量に女の子の服を買ってきて、男の子だという診断が出たら無駄になってしまう。

「女の子でよかったです」

「そうだね」

ロビーでふたり、並んで座って会計を待つ。

「服、あんなにいっぱい買っちゃったもんね」

「あー……」

長く発し、宙を見たままなぜか星司さんは固まっている。

「……できれば季里さんによく似た女の子が欲しかったんだ、……とか言ったらどうしますか？」

「え？」

眼鏡の奥からちらっと、星司さんがこちらをうかがう。

「別に男の子でも、それはそれできっと季里さんに似て可愛い子供だと思うんです。でも、どちらかといえば季里さんみたいな女の子が欲しいな、なんて」

星司さんの手が無意識なのか眼鏡に触れる。それで私も顔が熱くなってきた。

「……うん。でもきっと、男の子だったら星司さんそっくりの格好いい男の子だったと思うよ」

少し年を取った星司さんと、高校生くらいの星司さんを想像して並べてみる。これはこれで逆両手に花で楽しめそうだ。

「僕みたいに仏頂面の子供が増えたら困ります。幼い頃、祖母に散々、『にこりともしない星司は可愛げがない』と言われましたから」

本当は傷ついていたはずなのに、星司さんはなんでもない顔をしている。きっとこの人は今まで、こうやって人の心ない言葉に傷つけられてきたんだ。

「増えても大丈夫だよ！　たとえ仏頂面の子供でも、私が全力で愛して、守るから！」

うん、私だったら絶対、そんな心ない言葉で子供も、星司さんも傷つけさせたりしない。

「季里さん……」

私を見る星司さんの目が、潤んでいるように見えるのは気のせいだろうか。

「その。嬉しいですが、ここは病院のロビーなので」

指摘されて、勢いで星司さんの手を両手で握っている自分に気づいた。真っ赤に染まっている手を、そろりと離す。

「……ごめんなさい」

ううっ、恥ずかしすぎる。

「いえ。ちょっと行ってきますね」

そのタイミングで呼ばれ、星司さんが会計へ向かう。その背中をぼーっと見ながら、さっきの自分が言ったことを思い出していた。暗に二人目も考えているような発言をしたが、星司さんはどう思ったんだろうか。もしかして、気づいてない？　それはそれでいいけれど、やはり星司さんは二人目は考えてないのかな……。

「今日はもう、直帰でいいんですか」

「だいじょーぶー」

精算を終え、病院を出る。今日は午後遅くの予約だったので、このまま帰る予定になっていた。

「星司さんはお仕事、大丈夫なの？」

「はい。僕も大丈夫です」

なんて普通な顔で言っているが、このあいだのこともあるし信用できない。

「また無理して倒れるとかやめてよね」

「最近は五時間寝ているので大丈夫ですよ」

これはツッコむべきところなんだろうか。しかもこの言い様だと、前は五時間も寝ていなかったと推測される。

「いっそ、寝室一緒にしようかな……」

私の口から苦悩の濃いため息が落ちていく。星司さんにもっと寝るように言っても、たぶんわかってくれない。もしかしてショートスリーパーなのかとも思うが、それでもやはり心配だ。

「え、季里さんが一緒に寝てくれるんですか？」

珍しく、星司さんが驚いた声を上げた。しかも若干、嬉しそうだ。

「ベッドは別よ。ダミーで使ってない主寝室のあのベッドを処分したら、少なくともセミダブルのベッドが二台、楽に並べられるでしょ」

来客があったとき用にいかにも新婚家庭なキングサイズのベッドを置いた主寝室はあるが、あの家に引っ越してから一度も使っていない。もちろん、ベッドもだ。それを処分するのは惜しいが、それよりも星司さんの身体のほうが心配だ。

「ベッドは別ですか……」

星司さんの声が沈んでいくが、なんで？

「ああ」

なにか思いついたのか、俯きかけていた星司さんの頭が唐突に上がる。

「二台のベッドを並べて使うと、あいだに子供が挟まって危険だと聞きました。ここは、あのベッドのままがいいのでは？」

「ええっと……」

私と子供が一緒に寝て、星司さんはひとりで寝たらいいと思っていたんだけれど。

「星司さんは川の字で寝たいの？」

「はい、そうですが」

ごく普通に返事をされて、若干困惑した。

「んー、もしかして星司さんって子供好き？」

子供ができたと聞いたとき、凄く嬉しいと言っていた。この真顔がデフォルトの男が子供を可愛がっているところはまったく想像できないが、それは私の限界だ。実はもの凄く子供好きなのかもしれない。

「そうですね……。子供は、苦手です」

「は？」

少し考えたあと、出てきた答えは彼としては意外でもなんでもないが、先ほどの希望とは真逆すぎて変な声が出た。

「苦手なのに川の字で寝たいの？」

「はい。子供は苦手ですが、季里さんとの子供はとても楽しみです。きっと、可愛がると思います」

んー？　これは、よその子は苦手だけれど、我が子は例外って話でOK？　しかも真顔と可愛がるという言葉のギャップがなんともいえない。

「わかった。ちゃんと愛情注いで可愛がってよね？」

「はい、もちろんです」

星司さんは真面目だし、そういう嘘はつかないから安心だ。

家に帰り着き、主寝室をのぞく。使っていないとはいえ、家政婦さんが掃除をしてくれているので荒れてはいない。

「うーん」

中央に置いてある、キングサイズのベッドに座って考える。今はダブルのベッドを使っているから、これに星司さんとふたりと考えると狭く感じた。しかしこの部屋なら少し整理すれば、ダブルベッド二台も余裕で置けそうだ。

「季里さん」

ドアがノックされて顔を上げると、戸口に星司さんが立っていた。

「なにしてるんですか？」

「さっきのベッドの件、考えてて……」

入ってきた彼が、私の隣に座る。

「星司さんはこのベッドで子供と三人川の字で、って言ってたけど、ちょっと狭くないかなって」

「そうですか？」

「えっ？　きゃっ！」

星司さんが私のほうへ向いたかと思ったら、その腕が身体にかかって後ろ向きに倒された。結果、ふたり並んでベッドに転がっている。

「これでも狭いですか？」

「えっと……」

実際に寝てみたら、それほどでもなく感じた。それはいいが、星司さんが近い。近すぎる。

「星司、さん？」

「ん？」

寝返りを打った彼が、肘枕で私を見ている。あの日ほどではないが眼鏡の向こうで僅かに目尻を下げて、愛おしそうに。近づいてくる手が、スローモーションのように見えた。星司さんの目から、視線は逸らせない。心臓がとくん、とくん、と甘く鼓動している。その手は、私の耳朶に触れた。

「ピアス」

「はい？」

「いつも着けてくれているんですね」

確かめるかのように、軽くピアスをなぞられる。それは星司さんがこのあいだおみやげで買ってきてくれた、ピアスだった。

「あ、……うん。気に入ったから」

それは本当だけれど、それ以上に星司さんが私のために買ってくれたから、というのが大きい。しかし、その理由はまるで好きだと言っているかのようで、口にはできなかった。

「よかった」

星司さんの手が離れていく。なぜかそれに、ほっと息をついた。

「さっきのベッドの話なんですけど」

「ああ、はい」

星司さんが起き上がるので、私も起き上がる。

「僕は一緒のベッドでなければ嫌なので、別々ならば今までどおりで」

珍しく彼が、自分の意見を主張してくる。けれど、どうしてそこまで一緒のベッドに拘るのかわからなかった。

「えっと……。ちょっと考え、ます」

それに曖昧な笑顔で答える。別に、絶対にひとりのベッドがいいわけではない。けれど星司さんのぬくもりを知ってしまったら後戻りできそうになくて怖かった。……後戻り？　いったい私は、なにに戻りたいのだろう。

夕食後、ソファーでくつろいでいたら、コーヒーを淹れてきた星司さんが隣に座った。妊娠がわかってからは夕食後の一杯だけ、コーヒーを楽しんでいる。星司さんもそれに付き合ってくれていて、家ではこのときしかコーヒーを飲まない。

「お腹、わかるようになってきましたね」

後ろから抱き締めるように腕を回し、星司さんがそっと私のお腹を撫でる。

「最近は動いてるのもわかるようになってきたの」

たまにお腹がむずむずする感覚があるので、あれは赤ちゃんが動いているんだと思う。そういう感覚は少しずつ強くなっていっていた。

「僕もわかるといいのに」

星司さんは羨ましそうだが、なんとなく彼に触れられて赤ちゃんが喜んでいる気がした。

いまだに星司さんを意識してしまうが、それでも前よりはマシになった。日々は一見、穏やかに過ぎていく。つわりもすっかり落ち着き、星司さんが無理に帰ってくることもなくなった。これで心配事項が減って安心だ。

「嘘でしょ!?」

その日、仕事中に鳴った携帯に出た私は、つい椅子から立ち上がっていた。何事かと珪子が、こちらを見ている。

「うん、わかった。すぐに行く」

携帯を切り、慌ただしく出掛ける準備を始める。

「どうしたの？」

「辰巳が倒れたって」

バッグを持ち、ドアへと向かう私に珪子がついてくる。

「わかった、あとは任せて行っておいで。詳細がわかったら連絡して」

「うん、ありがとう」

珪子に見送られ、会社を出てタクシーを拾った。聞いた病院に向かいながら、不思議と私は落ち着いていた。

辰巳の病室は父の好意なのか個室だった。もし大部屋に入れられていたら、私が個室に移していたが。

「辰巳！」

「季里お嬢様」

病室に私が入ってきて、辰巳が起き上がる。顔色はあまりよくないが、思ったよりは元気そうで安心した。

「また徹夜とかしたんでしょ。もう若くないんだから無理しないでよね」

苦笑いで近くの椅子を引き寄せて座る。

「ご心配をおかけして、申し訳ありません」

「いいのよ、謝らなくて」

父の秘書は忙しく、辰巳はいつも無理しがちだ。この分ならきっと、二、三日休めば元気になるはず。そう思ったのだけれど。

「……ガンなんです」

「……え？」

なにを言われたのかわからなくて、笑顔のまま固まった。

「なに、言ってるの？　あ、あれでしょ？　初期で手術すれば治る……」

「もう末期で、手の施しようがないそうです」

「嘘……」

辰巳は自分のことなのに、淡々と語っている。

「季里お嬢様のお子様のお世話ができなくなってしまい、大変申し訳ありません」

再び辰巳が頭を下げる。彼がガンでもうすぐ死ぬなんて嘘だ。そんなの、私の人生計画にはない。

「……もしかして、ずっと前からわかってたの？」

顔色が悪いとは思っていた。でも誤魔化された。そのときにはもしかして、もう。

「そう、ですね。初めての妊娠でなにかと大変なお嬢様には黙っておくように、周囲には口止めしました。でも、それももう無理なようで」

力なく辰巳が笑う。私は彼にずっと、気を遣われていた。今こそ、これまでの恩を返さなければ。

「私になにかできることない？　してほしいことはなんだって言って。なんでもするから」

「そのお気持ちだけで十分です」

そう言って笑っている辰巳に、私はなんと返していいのかわからなかった。

病院を出て、またタクシーで会社に戻る。

「もうすぐ辰巳が、死ぬ……」

無意識に自分の肩を抱く。これから私は困ったとき、誰に相談すればいいんだろう。父への怒りを、誰にぶつければいいんだろう。一気に、親を失う子供のように心細くなった。……ああ、そうか。私が辰巳に追い求めていたのは、珪子の言う白馬の王子様ですらない。理想の——父親像だ。

父はあのとおり、娘の私ですら自分の政治の道具として扱う。そんな父を父親と認められないのは道理だ。代わりに、優しくしてくれた辰巳に父親役を求めた。

出会ったあの日から辰巳は私の世話を焼き、授業参観や運動会、三者面談まで、親のやることは全部やってくれた。私にとって彼は理想の父親で、その強い憧れや尊敬を恋心と勘違いしていたのだ。辰巳は無条件で私を愛してくれる。そんな思い違いは、彼を父親代わりにしていたからこそだ。

会社では珪子が、そわそわしながら待っていた。

「辰巳さん、どうだった？」

「どうしよう、珪子。辰巳が死んじゃう……」

動揺している私に、珪子が温かいお茶を淹れてくれる。それを飲んで気持ちを落ち着けた。

「……末期のガン、で。もう手の施しようがないみたい」

「そうなの……」

さすがの珪子も、それを聞いて沈んでいた。

「最後のその日まで、私にできることはなんだってする。それが今まで、父親代わりに私へ愛情を注いでくれた辰巳への恩返しだと思うし。ますます迷惑かけちゃうけど、ごめんね」

精一杯の気持ちで、珪子に頭を下げる。

「わかった。そのつもりで動けるようにしとく。あと」

短く言葉を切った珪子が、私を真っ直ぐに見る。なにを言われるのか、覚悟を決めた、が。

「何度も言うけど、あんたの妊娠も、辰巳さんの件だって迷惑だなんて思ってない。辰巳さんは季里にとって家族でしょ？　家族の最期に寄り添いたいっていうのは当たり前。仕事はしっかり私が支えるから、あんたは子供と辰巳さんのことだけ考えなさい。あと、旦那」

「あいたっ」

珪子から軽くデコピンされ、ひりつく額を手で押さえる。

「ありがとう、珪子」

「わ、私は、別に」

怒ったように背けた、珪子の顔はほのかに赤い。有能な秘書――いや親友に恵まれて、本当によかった。

帰りはいつものように、星司さんが迎えに来てくれる。

「今日、辰巳が倒れたって、連絡もらって」

まだ、気持ちの整理はできていない。辰巳が死ぬそのときまでにできるのかすら、自信がなかった。

「大丈夫だったんですか」

ちらりと一瞬だけ、彼の視線がこちらを向く。

「駆けつけたら末期のガンで、もう手の施しようがないって言われた」

星司さんから返事はない。珪子のおかげで一度は落ち着いたが、また恐怖が襲ってくる。

「どうしよう、星司さん。私、どうしたらいいのかわかんない……」

膝の上で固く握りあわせた両の手は、細かく震えていた。

「僕がついています」

隣から聞こえた力強い声で、顔を上げる。星司さんはうん、とひとつ頷いた。

「僕が季里さんを支えます。だから、僕のことはいいので悔いのないように辰巳さんの看病をしてください」

「ありがとう、星司さん」

温かいものが私の胸を満たしていく。それはいっぱいになって目から溢れそうになったが、目尻を擦って耐えた。やはり、星司さんはいい人だ。こんな人が私の旦那様でよかったと思う。

でも星司さんは私をどう思っているんだろう？　家族として大事にしてくれているのはわかる。子供ができたから仕方なく……というのもないと言い切れる自信がある。少しの変化で星司さんの感情をかなり読み取れるようになってはきたが、これだけはわからなかった。

辰巳がもう長くなかろうと、仕事は待ってくれない。融資の面談日が明日に迫っていた。

「食欲、ないんですか」

「あー……」

夕食をとる私の箸がほとんど進んでいなくて、星司さんは心配そうだ。

「明日、面談、で。緊張する……」

なにを聞かれるのかはだいたいネットで調べた。準備は万端のはずだが、会社の未来がかかっているとなると尋常じゃないくらい緊張していた。

「模擬面談、しますか?」

「そう、だねー……」

星司さんは本物の銀行員だし、それに堅物だから容赦ない質問をしてきて模擬とはいえメンタルが折れそうだ。でもその経験があれば、本番は楽にこなせそう……?

「……やっぱり、いい」

魅惑的な誘惑を振り切る。

「前にも言ったけど、なんかズルしてるみたいで嫌なんだもん」

星司さんが銀行員でなければ頼んでいたかもしれない。しかし、彼は銀行員なのだ。

「そうですか」

「うん」

明日は、自分の持てる力全部で頑張ろう。もう、それしかない。

「だったら、面談の極意を教えますよ」

「極意……?」

これだったらズルにならない……のか?

「相手はかなり、意地悪な質問もしてくると思います。そこで」

一度言葉を切り、箸を置いた星司さんがレンズ越しに真っ直ぐ私を見る。

「相手を、セクハラ親父くらいに思ってください」

「……セクハラ、親父？」

なにを言っているのかわからず、言葉を繰り返して何度か瞬きをした。

「ええ、季里さんの会社に対してセクハラを働いているんです。融資担当はそれくらい、失礼な質問をしますからね。セクハラ親父で十分です」

「……そっか」

あまりにも真面目に彼が語るものだから、おかしくなってくる。おかげで、緊張が解けていた。

「わかった、それでいくよ」

「はい」

食欲が出てきて箸を取る。これで明日は、頑張れそうだ。

——翌日の面談、これって融資したくないんじゃないかという質問もいくつかされた。しかし星司さんの言うとおり、これは私の会社にセクハラされているんだと思ったら、冷静に意見を言えた。たぶん大丈夫じゃないかという変な自信がある。融資が上手くいったら、星司さんにお礼をしよう。

あれから暇を見つけては、辰巳の見舞いに行っていた。

「元気、辰巳。……元気って変か」

「季里お嬢様！　わざわざすみません」

などと言いながらも、辰巳は破顔した。

「これ、お見舞い。『有菓堂《ゆうかどう》』のプリン」

「なにからなにまで、本当にすみません」

勧められ、近くにあった椅子に座る。

「洗濯とか大丈夫？　あれだったら私が……できたらいいけど、預かって帰って実家で誰かにしてもらうけど」

家事を一切やったことのない私が、上手くできる自信がない。それに、それを知っている辰巳に、余計な心配をかけるのも申し訳なかった。

「お気遣い、ありがとうございます。先生がよくしてくださるので、本当に助かっています」

その言葉を証明するかのように、辰巳の着ている服は洗濯したてのようだった。棚に置いてある立派なフルーツ盛りはいかにも父らしくて眉間に皺が寄る。……辰巳、もうあまり食べられないって知っているのかしら。だから私は口当たりのいい、プリンにしたのに。

辰巳は独身で、ご両親は早くに亡くなっている。なので父が、人を雇って辰巳の面倒を見ていた。今まで散々、彼には苦労させてきたのだ。それくらい、当然だ。もし辰巳に報いらなかったら本気で縁を切ろうと考えていたし、私の手が回らない分、誰かを雇おうと考えていた。

「季里お嬢様。お腹、触らせてもらっていいですか」

「うん」

辰巳が触れやすいように、場所を変える。彼はそっと、私のお腹に触れた。

「この子の顔が見られれば、思い残すことはなかったんですけどね」

ゆっくり、ゆっくりと、愛しむように辰巳の手が私のお腹を撫でる。

「ちゃんと生まれるまで生きててよ。約束なんだからね」

滲んできた涙を、洟を啜って誤魔化す。医者の立てた予想は、三ヶ月。この子が生まれてくるまでには足りない。

「季里お嬢様との約束は守りたいですが、これぱっかりは」

申し訳なさそうに辰巳が詫びる。辰巳は悪くない。悪いのは神様だ。それに辰巳はいつだって私のどんな願いも叶えてくれたから、これだって絶対に叶えてくれると信じている。

「お待たせ」

院内のカフェで待っていた星司さんは、見ていた携帯から顔を上げた。

「辰巳さんの様子、どうでした？」

買ったオレンジジュースを置き、勧められて彼の前に座る。

「元気そう、って言ったら変だけど、元気そうだった。前より顔色がいいくらい」

死期が迫っているのに今までより元気とは変な話だけれど、それだけ辰巳はずっと忙しかったのだ。きっと、無理もたくさんしていたと思う。だから、こんな事態になったのだが。なので最後くらい、ゆっくり過ごしてもらいたい。

「そうですか。よかったと言うのはあれですが、よかったです」

カップに残っていたコーヒーを星司さんが飲み干す。彼は病院まで私を送ってくれるが、絶対に病室には行かなかった。きっと、私が気兼ねせずにゆっくり過ごせるように、気を遣ってくれているんだと思う。でも、〝支える〟と言った言葉からは、小さな違和感を覚えた。

「帰りましょうか」

「うん」

ジュースを飲み干し、病院を出て車に乗る。

「星司さん、さ」

「はい」

「病院の送り迎え、もうしなくていいよ。毎回、待っててもらうのも悪いし」

今のところ、辰巳の容態は落ち着いている。やりたいことがあるなら外出許可も出すし、今のうちにと医師から勧められているくらいだ。そんな状態なのでひとりで見舞いに来ても、大丈夫だと思う。

「いえ、させてください。いや、僕はしなければならないんです」

そんな義務がどこにあるのかわからない。彼の顔を見上げたが、真っ直ぐに前を見て運転する横顔からは、なにも読み取れなかった。

「星司さん？」

「これは僕なりの償いなんです。だから、送り迎えさせてください」

「償い？」

って、誰に？　私に？　それとも、もしかして辰巳？　けれど彼が、辰巳に詫びなければならない理由がわからない。

「それってどういう意味？」

「今は聞かないでください。話せるようになったら話します。……すみません」

僅か、だけれど苦しそうに星司さんの顔が歪む。顔に出るほど彼を苦しませているものはいったい、なんなんだろう。私は話してくれるのを、待っているしかできないのかな……。

第七・五章　自分なりの償い

「今日、辰巳が倒れたって、連絡もらって。駆けつけたら末期のガンで、もう手の施しようがないって言われた」

いつものように帰りの車の中、季里さんからそう聞いて僕は不謹慎にも心が浮つくような感覚を抱いた。これで、季里さんを僕だけのものにできる。季里さんを僕が独占できる。――しかし。

「どうしよう、星司さん。私、どうしたらいいのかわかんない……」

不安そうに震える季里さんの声を聞いた瞬間、バットで頭を殴られたかのように目が覚めた。季里さんにとって辰巳さんは、この世で一番大切な人だ。その人を失おうとしているのに喜ぶなんて、僕はなんて最低な人間なんだ。

「僕が季里さんを支えます。だから、僕のことはいいので悔いのないように辰巳さんの看病をしてください」

これが、人の不幸を喜んでしまった償いになるのかわからない。それでも精一杯彼女を支えよう。僕はそれができるというだけで、十分じゃないか。

上海出張のあと、季里さんは前よりも僕に甘くなった気がする。というよりも、心配されている？　まあ、倒れたあとならばそうなるか。あのときはまさか、あんなにも季里さんが取り乱すなんて思わなかった。止めなければ後先考えずに本当に上海まで来そうで、慌てた。けれど、嬉しかったのも事実だ。季里さんが僕を心配してくれている。それだけ、僕を大事に思ってくれている。おかげでハイテンションになって仕事が早く終わり、ゆっくりショッピングをする時間ができたせいで、あんなにも子供服を買ってしまったが。

子供服といえば。子供が女の子だろうという診断が出てよかった。男の子が嫌だとは言わないが、僕としては季里さんみたいに可愛い女の子が欲しい。僕によく似た仏頂面の男の子なんて可哀想だ。母も滅多に笑わない僕にほとほと困り果てて、よくため息をついていたし。しかし季里さんは、そんな子供でも愛して守ると言ってくれた。その言葉で、子供の頃の僕が救われた気がしたんだ。季里さんはいつも、今まで傷ついてきた僕を癒やしてくれる。本当に素敵な人で、さらに惚れ直した。そういえば〝子供が増えても〟と言っていたが、もしかして僕との二人目を考えてくれているんだろうか。……まさか、ね。でも、そうだったらいいな。

あれから、季里さんが辰巳さんの見舞いに行くときは送り迎えをしている。けれど絶対に、彼の病室へは行かなかった。夫として、季里さんがお世話になった彼に今までのお礼を言うべきだというのはわかっている。しかし彼と一緒の季里さんを見たら、嫌味のひとつやふたつ言ってしまいそうで怖かった。もう死にゆく彼に、こんなにも嫉妬している自分が情けない。だから僕は、あなたのもとへ季里さんを会わせに連れていくので、これを償いとさせてほしい。

第八章　本当に好きな人

「辰巳ー、きたよー」

「これは季里お嬢様」

私に気づき、読んでいた本から顔を上げて辰巳が笑う。もうこの笑顔を見られるのもあと何回かだと思うと淋しくなったが、顔には出さなかった。

「これ。『清鈴本舗《せいりんほんぽ》』の水ようかん。辰巳、好きだったでしょ？」

「いつもお気遣い、ありがとうございます」

「いいのよ。辰巳には今までいっぱいお世話になったし、これくらい」

持ってきた水ようかんを備え付けの冷蔵庫へ入れる。中には見舞いの品なのか、いろいろ入っていた。

「具合はどう？」

「おかげさまで痛みもあまりなく、穏やかに過ごせています」

その言葉どおり、辰巳の顔は穏やかだ。

「なにかしてほしいこととか、欲しいものとかない？　なんでも遠慮せずに言っていいのよ？」

もう、先は長くないのだ、我が儘になっていいと思う。しかし辰巳はいつも静かに笑うばかりで、なにも言わなかった。

「それよりも季里お嬢様。来ていただくのは嬉しいのですが、こんなに頻繁にいらしてはいけません」

「なんでよ？」

咎められるのが不満で、つい唇を尖らせて抗議してしまう。

「人妻が家族以外の男の見舞いに頻繁に行っているなど、どんな噂を立てられるかわかりません」

それを聞いてカッと頬が熱くなった。

「辰巳は私にとって家族よ！　辰巳はそうじゃないの⁉」

「季里お嬢様……」

私に怒りをぶつけられ辰巳が俯いてしまい、ばつが悪くなって視線を逸らす。私にとって辰巳は、父親だと思っていた。彼からしてみたら、違うのだろうか。

「私には過分なお言葉です」

力なく彼が笑う。きっと辰巳は父に、遠慮している。彼がうちに来てからあとの学費は、父……というよりも祖父が面倒を見たと聞いていた。そして今だって、父が面倒を見ている。辰巳はいつだってそうだ、祖父に、父に遠慮して、本音を話さない。

「辰巳はもう、誰にも遠慮する必要なんてないんだよ」

辰巳は黙ってしまってなにも言わない。私は彼にとってその程度の人間だったのだと失望した。

「じゃあ……」

「私は」

もう帰ろうと腰を浮かしかけたら彼が口を開き、その顔を見た。

「先生には申し訳ないのですが、季里お嬢様を本当の娘のように思っています」

泣きだしそうに辰巳の顔が歪む。その手を私は、握っていた。

「私も辰巳を、本当の父親だと思ってるよ」

うん、うん、と辰巳が頷く。私たちの関係は、これでいいのだ。

「じゃあ、また来るね」

「はい。お気をつけてお帰りください」

一時間ほどで辰巳の病室をあとにし、星司さんの待つカフェへ向かう。彼はコーヒーを飲みながら携帯を見ていた。それが、遠くからでも目を引くほど、絵になる。おかげで周囲の女性たちの視線を集めていた。

「星司さん、おまたせ」

彼は私のものだといわんばかりに、すぐ隣に腰を下ろす。

「もういいのですか？」

「うん。いっぱい話したし」

彼女持ちだとわかったせいか、視線が散っていく。だいたい、左手薬指に指環を着けているのに気づかないのが悪い。

「季里さん、なんか怒ってますか」

「怒ってなんかない、……もん」

星司さんの指摘で、頬がほのかに熱くなる。彼を見られていただけで嫌な気持ちになるなんて、心が狭いのかな、私。

融資の面談から二週間。早ければそろそろ結果が出ていい頃になった。

「銀行からなんか、連絡来た？」

「まだ。来たらすぐに言うから、動けるように準備してて」

「はーい」

珪子からの返事を聞き、手を動かす。融資が決まったら速攻で動かなければ、フェレフェレさんの納品に間に合わない。もし、ダメだったら？　大丈夫だという期待の元にすでに動いてくれているフェレフェレさんにも申し訳ないし、お茶を淹れてくれたりとなにかとサポートしてくれた星司さんにも申し訳ない。

仕事をしながらもつい、電話を見てしまい苦笑いしかできない。本日何度目かの視線を送ったとき、――電話が、鳴った。小さく頷き、珪子が受話器を取る。

「はい、joliesse です。……はい。……はい。……ありがとうございました」

落ち着かない気持ちで珪子を見つめる。少しして話が終わり、受話器を置いた彼女は小さく息をついて勢いよく顔を上げ、私を見た。

「融資、通ったって」

歓喜が身体中を駆け回り、歓声を上げそうになった。しかし、今はそんな場合じゃないのだ。

「すぐに工場に連絡して、製造に入ってもらって。あとは……」

矢継ぎ早に指示を出す。これで、会社は大きく動き出す。懸念材料がなくなったので、安心できそうだ。

「季里さん、ご機嫌ですね」

帰りの車の中、ちらりと星司さんの視線が私へ向かう。

「融資が通ったの。これで一安心……っていうか、やることはまだまだあるけどね」

「それはおめでとうございます。頑張っていましたもんね」

「ありがとう」

星司さんに褒められて、ますます気分がよくなった。

「星司さんもなにかとサポートしてくれて、ありがとう。特にあの、アドバイスがよかったのかも」

面談では厳しいことも言われたが、アドバイスどおり相手はセクハラ親父だと思えば怒りになって弱気にならずに済んだ。あれは、よかったと思う。

「季里さんのお役に立てたのならよかったです」

「うん。本当にありがとう。そうだ、なにかお礼させて？」

「そうですね……」

星司さんの口から出た要望は、私が叶えるにはかなりハードルが高かった。

「無理に、とは言いませんが」

「……少し考えさせて」

星司さんにお礼はしたい。しかし、こんなお願いをされるなんて少しも予想していなかった。

家に帰り着き、無言で夕食を食べながら星司さんの顔をうかがう。

……なんであんなこと、言ったんだろ？

彼の気持ちがちっともわからない。私から——キス、してほしいなんて。やっぱり、星司さんも私を好き……とか？　だから私にキスしてほしいっていうんだったら喜んで……というとあれだがするけれど、からかわれているだけだとしたら嫌だ。どちらか判断しようと顔を見るが、いつもどおりの真顔でわからない。

食事が終わってもまだ決心が付かず、ソファーに座ってコーヒーを飲みながら彼をうかがう。

「ねえ。キスしてほしいって、星司さんは私が好き？」

イエスの答えがもらえたら、キスする。そう決めたものの。

「季里さんは僕にとって、大事な人ですよ」

もう定番になりつつある、ホワイトには近いけれどグレーな答えが返ってきた。

「反対に聞きますけど。季里さんは僕が好きですか」

レンズの向こうからじっと星司さんが私を見つめている。もし、これで好きだと答えたら彼はどうするんだろう？　喜んでくれそうな気はする。けれど頑なに好きだと言わない彼は、私と同じ気持ちなんだろうか。

「星司さんは私にとって、大事な人だよ」

結局、私も断言せずに逃げた。星司さんの気持ちが家族に対してであって、恋だの愛だのではなかったらと考えると怖い。

「僕はね、季里さん」

星司さんの腕が伸びてきて、私の背中に回る。

「季里さんがこの世のなによりも、大事で大事で仕方ないんです。それだけは覚えておいてください」

星司さんが両手で私の頭を撫で、顔を掴む。

「季里さん、──」

続く言葉は重なった唇でかき消される。

「星司さん。今、なんて言ったの?」

「秘密です」

真顔のまま唇に人差し指を当てられたらなにも言えなくなった。

その日も私は、辰巳のお見舞いに来ていた。

「辰巳。……デート、しない？」

「デート、ですか？」

言われた意味を考えているのか、眼鏡の向こうで辰巳が何度か瞬きをする。

「季里お嬢様。もう結婚されているのに、他の男とデートとは浮気ですよ」

はぁっと呆れたようにため息をつかれ、慌てた。

「ち、違うの！　辰巳とふたりでお出掛けしたいな、って。今を逃したらもう、できないと思うし。……父親との最後の思い出が欲しいの」

ちらっと彼の反応をうかがう。小さい頃はよく、辰巳が私を遊びに連れていってくれた。あれは、私の中で幸せな思い出だ。大きくなってからはなんか気恥ずかしくて、一緒に出掛けていない。でも最後にもう一度、辰巳と一緒に出掛けたい。

「そう、ですね。お嬢様さえよければ、私も出掛けたいです」

「ほんと？　やったー！」

喜ぶ私を、辰巳は眼鏡の奥で目を細めて見ていた。

今日も星司さんが待っている、院内のカフェへ向かう。

「どうでした？」

「うん。先生に確認取ってくれるって」

辰巳とのデートは星司さんにも話してある。彼も、了承してくれた。

「そうですか。だったら、服を買いに行かないといけませんね」

「服……？」

彼がなにを言っているのかわからなくて、首が斜めに傾く。

「せっかくの辰巳さんとのデートですよ？　可愛く着飾らないとダメです」

もっともらしく星司さんが頷く。彼が、私の服にまで気を回してくれるなんて思わなかった。

「いいの？」

「はい。ほら、行きましょう」

促され、座ったばかりの椅子から立ち上がった。

星司さんは初めからそのつもりだったらしく、すでにマタニティウェアの置いてある店を調べていてくれていた。

「ねえ。こういうのはどう？」

ピンクのワンピースを当て、星司さんを振り返る。

「いいと……」

そこまで言って彼が止まる。一度咳払いし、再び口を開いた。

「……可愛いと思います」

……ん？　これってもしかして、新婚旅行のときのやりとりを覚えていてくれた？　どうしよう、嬉しくてニヤけちゃいそう。

「じゃあこれ、買っちゃおーっと。手持ちのジャケットあわせたら、仕事でもいけそうだし」

「はい」

真顔で星司さんが頷く。普通なら適当に言ったんじゃないかとか考えそうだが、あれは絶対似合っていたのだという確信があった。

そのまま会計へ向かおうとしたら、止められた。

「他の服も買いませんか」

「えっと……」

どういう意図なのかわからなくて困惑していたら、さらに彼が続ける。

「季里さん、マタニティ用の服、あまり持っていませんよね？　いい機会なので他にも服を買いましょう」

思わず、彼の顔を見る。目のあった星司さんは、わかっていると頷いた。お腹も出てきたし、そろそろマタニティウェアを本格的に……なんて思った矢先に辰巳が倒れ、必要最低限を通販で買って回している。まさか、彼が気づいているなんて思わない。

「いいの？」

「はい。今日はそのつもりでした」

「ありがとう」

星司さんの手が眼鏡に触れる。それで、気分がよくなっていた。

言葉に甘え、店の中を見てまわる。

「どっちがいいと思う？」

ブラックとカーキのマキシ丈フレアスカートを交互に身体に当ててみせる。

「どちらでもいいんじゃないですか」

やはり選ぶのは面倒なのかな、と思ったものの。

「季里さんは可愛いので、どちらも似合いますから」

星司さんが眼鏡を上げる。……照れている。これは似合うから決めがたいってことかな。

「んー、じゃあ両方買おーっと」

さらに、星司さんの腕にスカートを二枚かける。

「……季里さん」

「なに？」

私を見下ろす彼の顔が、なんとなく途方に暮れているように見えるのは気のせいだろうか。

「まだ買うんですか？」

「え？」

改めて星司さんを見る。その腕にはかなりの枚数の服がかかっていた。

「あー、うん。これくらいにしとこっかな……」

手に持っていた服を、そろりとラックに戻す。結婚してすぐに妊娠して、それからはつわりで買い物なんて楽しめなかった。落ち着いたと思ったら今度は辰巳が倒れて、休みの日は見舞いに通っている。ゆっくり服を選ぶなんてひさしぶりで、楽しくなって選びすぎたな。

「それも買ったらいいですよ」

「え？」

「それも欲しいんでしょう？　なら、買ったらいいですよ」

呆れている？　でもどっちかというと仕方ないなと諦めている感じがする。

「じゃあ、そうする」

星司さんの言葉に甘え、さっき選んでいた一枚も追加した。

会計をしているあいだ、カードを用意して待つ。

「──円になります」

「じゃあ……」

「これで」

私がカードを出すよりも早く、違うカードがカウンターに滑らされる。つい、その持ち主を見上げていた。

「星司さん？」

我が家は仮面夫婦なので、支払いはもちろん別々だ。それにこれは私のものなので、私が買うべきなのに。

「大事な季里さんの服ですから、僕が買いますよ」

「……ありがとう」

星司さんがまた、眼鏡を上げる。おかげで私の顔も熱くなってきた。

今日は夕飯を食べて帰ろうと、街を歩く。

「なんにする？」

「季里さんの食べたいものでいいですよ」

歩くときは星司さんが車道側。歩幅もあわせてくれるし、私に危険がないかさりげなく目を配ってくれた。星司さんは私をとても、大切にしてくれる。それって私が彼の子供を妊娠しているって理由だけなのかな。それとも……。

「どうかしたんですか？」

視線に気づいたのか、星司さんが私を見下ろす。

「なんでもない。しゃぶしゃぶ食べに行こう、しゃぶしゃぶ。お肉食べたい」

この頃の星司さんの態度を見ていたら、期待してもいいのかなって気になってくる。

「いいですよ」

気持ち、伝えてみようかな……。

辰巳の体調もよかったので、翌週の休みは彼とのデートが決まった。

「季里さん」

病院まで星司さんが送ってくれる。私が辰巳とデートしているあいだは邪魔にならないように、不測の事態に備えて近くに控えていてくれるという。こんなに配慮してくれて、申し訳ない気持ちになる。

「今日の一杯は辰巳さんと楽しんできてください」

星司さんの言う一杯とは、毎日夕食後に彼と楽しんでいるコーヒーだと思う。妊娠がわかってから、コーヒーはこの一杯だけと決めていた。星司さんも楽しみにしてくれているようなのに、今日はそれを辰巳と楽しんできてくれなんて。

「いいの？　ほんとに？」

「はい。それに、これを逃したら後悔しますよ」

「……ありがとう」

星司さんは本当に優しい。だから、私をひとりの女として愛してくれているんじゃないかって、勘違いしそうになる――。

今日の辰巳とのデートは、病院近くの大きな公園を散歩し、隣接するカフェでお茶をする。それだけだ。あまり遠出をして辰巳を疲れさせるわけにはいかないし、これで精一杯だが不満はない。むしろ、最後にこんな穏やかな時間が持ててよかった。

辰巳の車椅子を押し、ゆっくりと公園を散歩する。

「いいお天気でよかったね」

「そうですね。でも私は、天気の心配はしてなかったですが」

くすくすとおかしそうに辰巳が笑う。

「なんで？」

「季里お嬢様は晴れ女ですから、雨が降るなどありえません」

言われてみればそう、かも。前日はじゃんじゃん降りで開催が危ぶまれた運動会も、当日はこれでもかってくらい晴れた。

「そういえば小さいとき、辰巳のこと『格好いいお父さんね』って言われて誇らしかったな」

思い出話をしながら歩く。

「それは光栄ですね。私も『可愛いお嬢さんですね』と言われて、我が子のように嬉しかったです」

「そっかー」

ゆったりとした時間がふたりのあいだを流れていく。……もし。私は辰巳が好きなんだから、デート以外認めない！　なんて意地を張らなかったら、もっとこんな時間を持てていたんだろうか。後悔したって時間は巻き戻せない。

目的のカフェに着き、入る。星司さんの言葉に甘えて、私もコーヒーを頼んだ。

「……私がいなくなったら、季里お嬢様がどうなるかずっと不安でした」

カップの水面を見つめたまま、ぽつりぽつりと話す辰巳の声を黙って聞く。

「先生を悪く言いたくありませんが、お嬢様に無関心すぎます。かと思えば、まるで道具のように扱って。なので私がいなくなれば、誰もお嬢様を支えるものがいなくなるのではと不安でした」

父への不満を口にする辰巳を初めて見た。私が不満を爆発させてもいつも、私を宥めつつ最終的に父の肩を持っていたのに。

「けれど」

顔を上げた彼が真っ直ぐに私を見る。眼鏡の奥の目は、慈愛をたたえていた。

「もう、心配はいらないようです」

「そうだね。今は星司さんがいるから、心配しなくていいよ」

精一杯、辰巳を安心させるように微笑みかける。そうだ、私には星司さんがいる。辰巳を失う喪失感はどうしようもないが、不安にならなくていい。これからは困ったとき、星司さんに相談しよう。父への不満は彼も一緒に怒ってくれそうだ。

「安心していいからね、辰巳」

「はい、季里お嬢様」

うん、うん、と頷いた辰巳の目にも、私の目にも涙が光っていた。

最後かもしれないふたりの時間を堪能し、病院へと戻る。

「じゃあね、辰巳。また来るねー」

「季里お嬢様、来てくださるのは嬉しいですが、身重なのですからご無理はなさらないように」

「もう！　ほんとは淋しいくせに！」

笑って病室をあとにする。もう、今まで感じていた強い不安はない。そのときがきても、冷静に受け入れられそうな気がしていた。

院内のカフェで待っていた星司さんと落ち合い、一緒に帰る。

「今日はゆっくり辰巳さんと過ごせてよかったですね」

「うん、星司さんのおかげだよ。ありがとう」

……なにかあっても、星司さんが近くにいるから大丈夫。

そんな安心感があったから、今日はゆっくり辰巳と過ごせたんだと思う。

「もうこれで、なにも思い残すことなく辰巳を見送れそう」

「なら、よかったです」

「うん」

運転している彼の横顔を盗み見る。こんなにも私は星司さんに支えられているのだと、改めて辰巳が気づかせてくれた。

「星司さん、本当にありがとう」

自然と口から、感謝の言葉が出る。

「急にどうしたんですか？」

「なんでもなーい！」

笑って、頬に感じる熱を誤魔化した。


次の土曜、星司さんは仕事で出ていった。

「お仕事大変ね、と……」

とか言いつつ、私も家で仕事をしている。安定期の今、できる仕事はできるだけやっておいて、安心して産休に入りたい。辰巳の見舞いは明日なら連れていけると星司さんが言うので、明日にした。今のところ容態は安定しているし、そう詰めて通っても私にできることは少ない。

「あー……充電、できてない」

そろそろ終わるはずと思って見た携帯の充電は、いまだに数パーセントのままだ。たぶん、ケーブルが原因だと思いたい。

星司さんに借りようと思って部屋の前まで来たものの、本人がいないときに黙って入るのは躊躇われた。しかしあのままでは支障が出る。

「失礼しまーす……」

主がいないにもかかわらず、声をかけておそるおそる部屋に入る。ドアの外からは見たことがあるが、初めて入る部屋の中には大きな書棚が並び、本がぎっしりと並べてあった。

「すごっ」

それに感心しつつ、充電ケーブルを探す。サブのテーブルの上には育児書などが積んであって苦笑いした。真面目な星司さんらしい。

「女の子の名付け辞典、か」

一番上にあった本を手に取り、パラパラと捲る。あいだに挟んであった紙には候補なのかいくつも女の子の名前が書いてあり、つい笑ってしまう。と、手が揺れたせいで紙が落ちていった。それを目で追い、傍らの机の上に着地した紙を拾いかけて止まる。そこには高級そうな指環ケースが蓋を開けて置いてあった。

「なにこれ……？」

何気なく手に取って、中を見る。そこには婚約指環としか思えない、ダイヤの指環が入っていた。

「え……？」

見てはいけないものを見た気がして、勢いよく蓋を閉める。そのまま机の上に戻し、部屋を出た。自分の部屋に戻り、ウォークインクローゼットにしまってある、星司さんからもらった婚約指環を確認する。そこには確かにそれがあったし、そもそもデザインが違う。

「どういう、こと……？」

心臓がばくばくと速く鼓動して落ち着かない。あれはいったい、なに？　もしかしてあれが……星司さんの結婚したくない理由？　まるでパズルのピースが嵌まるみたいに、すとんとそれが胸に落ちて納得した。星司さんにはあの指環を渡したい、本当は結婚したい相手がいたのだ。どういう理由か知らないがその人との結婚は諦めて、私と結婚。けれど忘れられずにまだ、ああやって指環を飾っている。

「そうなんだ……」

あんなに妊娠を喜んでくれたけど、本当は子供ができて諦めていたんだ。いつもキスしてくるのだって、もしかしたらその彼女と私を重ねていたのかもしれない。私は星司さんにこんなに大事にしてもらえて幸せ、なんて脳天気だったが、星司さんは今までどんな気持ちで過ごしてきたんだろう。それを考えると、心臓を握りつぶされたかのように苦しくなった。

「そっか……」

ベッドで丸くなり、そっとお腹を撫でる。辰巳がいなくなっても、星司さんがいるから大丈夫だと安心していた。でも、彼まで失ってしまったら？　ううん、彼の結婚したくない本当の理由を知ってしまった今、もうそんなことは言っていられない。私は星司さんが、その女性への想いを抱えながら、私と子供を幸せにしなければと義務を果たそうとするのが嫌なのだ。そんなの、見ている私まで悲しくなる。

「……大丈夫、ひとりでも育てられる」

たぶん、珪子だって力になってくれるはず。だから、星司さんには星司さんの幸せを掴んでほしい。溢れてきそうな涙に耐え、そう自分に言い聞かせた。

夕方になり、星司さんが帰ってくる。

「ただいま、季里さん」

「お、おかえりな、さい」

星司さんの手が頬に触れ、顔が近づいてきたけれど。

「季里さん？」

あと少し、というところで彼はキスをやめた。

「どうしたんですか？　もしかして、具合が悪いんですか？」

星司さんの声に、心配が交じり出す。きっと私が、ちゃんと笑えていないからだ。

「あ、えっと。父から今度の事務所開き、来いって言われて。妊婦なのに私をこき使う気なの、参っちゃう」

曖昧に笑って誤魔化す。近く、選挙もあるし、まったくの嘘は言っていない。

「僕から断りましょうか」

しかし、星司さんはさらに心配そうになった。星司さんは私のために、あんな父にはっきりと意見を言ってくれる。そういう彼だからこそ、私は星司さんが好きなんだと改めて思った。

「う、ううん。一応、行かないって言ったし」

「お義父さんは承知してくれたんですか？　やはり、僕から改めて断りの電話を入れますよ」

「だ、大丈夫だから！　父も納得してくれたと……思う」

今にも父に電話をかけそうな彼を慌てて止める。

「そうですか。だったら、いいんですが」

やっと諦めたのか、星司さんが携帯をポケットにしまってほっとした。

「うん、大丈夫。ありがとう、星司さん。それより早く着替えてきてよ、お腹空いてるの」

お腹を軽く押さえ、いかにも腹ぺこだとアピールしてみせる。

「すみません、すっかりお待たせしてしまって。早く着替えてきて準備しますね」

「いいよ、別に。適当に温めとくね」

早く話をするべきだ。わかっているけれど、切り出せなかった。

夕食はなにを食べたのかも、どんな話をしたのかも覚えていない。それくらい、上の空だった。おかげでさらに、星司さんを心配させる羽目になる。

「お義父さんになにか、言われたんですか」

「う、ううん。いつもどおり、だよ」

普通なフリができなくて、星司さんに気を遣わせている自分が嫌になる。こんなんじゃこの先が思い遣られた。

食後のコーヒーを飲んだあと、星司さんは自分の部屋に引っ込んだ。リビングのソファーに座り、膨らんだお腹を撫でる。

「いつ、言おうかな……」

星司さんには自由になってほしい。だから、この子とふたりで生きていこうと決めていた。けれど顔を見たら、決心が鈍っていく。

「でも、決めたんだし」

「季里さん！」

唐突に星司さんの声が聞こえて振り返る。彼はつかつかとその長い足で、一気に距離を詰めてきた。

「僕の部屋に入りましたか⁉」

まるで詰問するような彼は、珍しく慌てているように見えた。

「えっと……」

レンズの向こうから見つめる瞳に耐えられなくて、視線を逸らす。

「入ったんですよね⁉」

それでなにかを悟ったようで、星司さんはさらに私との距離を詰めた。入っていない、見ていないと言えば、今までの関係を続けられるんだろうか。そんな考えが頭を掠めていく。けれど私はあれを見てしまったし、星司さんの事情も知ってしまった。もういまさら、知らないフリはできない。

「……はい」

「僕がいないときに季里さんが僕の部屋に入るのは、想定外でした……」

長くため息を落とし、星司さんは私から顔を離してその長い指を額に当てた。

「もしかして今日、様子がおかしいのはこれのせいですか」

星司さんが出した手の上には、あの指環のケースがのっている。

「……なんでそう思うの？」

しらばっくれたって仕方ないのに、この期におよんで足掻く。

「いつもは開けてあるケースが、閉まっていました。なので、これが原因だろうという推測はできたんですが……」

言葉を切った彼は、少し困っているように感じた。

「でも、季里さんがつらそうな理由がわからないんです」

星司さんの声は泣き出しそうで、胸がぎゅっと締まる。こんなに私を思い遣ってくれる優しい彼を、これ以上私に縛りつけるわけにはいかない。

「……これって、誰の指環なの？」

「誰って……別れた彼女へ贈るはずだった婚約指環ですが」

「どうして、その人と別れたの？」

「それは……」

そのまま、星司さんは黙って俯いてしまった。これはやはり、そういう意味なのだろう。

「……別れましょう？」

私の言葉で彼の顔が上がる。真っ直ぐに私を見る彼は、驚いているように感じた。

「星司さん、今でもその人が好きなんでしょう？　別れたのはきっと、親から結婚を反対されたからじゃない？　今からだって遅くない、その人を追いかけて。子供ができたからって、好きでもない私と結婚生活を続ける必要なんてない」

「季里さん、それは誤解です」

星司さんの手が私の腕を掴む。それをやんわりと振り払った。

「誤解もなにも、今でも大事にその指環を飾っているのは、そういうことなんでしょう？　好きな人がいるのに、別の人と結婚するつらさは私がよくわかってる。星司さんが私の元からいなくなるのはつらいけど、星司さんがつらい思いをするのはもっと嫌なの」

「季里さん、僕の話を」

彼が再び、私の腕を掴む。彼は必死なように見えたが、かまわず話を続けた。星司さんは優しいからきっと、本当に好きな人よりも私を選んでくれるのはわかっていた。でも、星司さんにそんな悲しい選択、させたくない。

「私は星司さんに幸せになってほしい。だから私と別れて、本当に好きな人のところへ行って？　大丈夫、子供はひとりで育てるから」

精一杯の笑顔で彼を見上げた……瞬間。

「僕が愛しているのは君だ！」

感情を露わにした星司さんから抱き締められて戸惑った。

「星司、さん……？」

「僕の本当に好きな人は季里さんです。本当に好きな人の元へ行けというのなら、ここが僕の居場所です」

誓うように彼の腕に力が入る。それで胸が、きゅっと切なく締まった。きっとこの言葉は本当だ。しかし、謎は残る。

「……じゃあ、この指環はなんなの？」

テーブルの上に置かれた、指環ケースを指す。

「戒めです」

「戒め？」

そうだと星司さんは頷いた。

「昔、付き合っていた女性を僕自身のせいで酷く傷つけてしまいました。同じ過ちを繰り返さないために、彼女に突き返されたこれを見て自分を戒めていたんです。でも、これで季里さんを傷つけていたらダメですよね」

落ち込んでいるのか、がっくりと星司さんの肩が落ちる。そういうのが愛おしくて、さらに彼が好きになった。

隣に座った星司さんの手が、私の手と重なる。それはそっと、指を絡めて握られた。

「……もっと早く、好きだって言ってくれたらよかったのに」

そうすればこんな誤解をせずに済んだ。

「だって季里さんは、辰巳さんが好きなのでしょう？　なのに好きだとか言って、困らせたくありません」

星司さんがそんなふうに、気を遣ってくれているなんて知らなかった。もっと早く、私も素直に気持ちを伝えればよかったのだ。

「星司……」

「それに」

私が口を開くのと、彼が口を開いたのは同じだった。彼の手が頬に触れたので、自然と私が口を閉じる。

「僕は〝好き〟なんて陳腐な言葉に収まりきれないほど、季里さんを愛しています」

目尻を下げ、うっとりと星司さんは私を見ている。あまりにも情熱的な愛の告白に、私の頬は燃えるように熱くなった。

「でも、僕の片想いでいいんです。季里さんとこうやって、家族になれただけで満足しています」

淋しげに彼が眼鏡の向こうで目を伏せる。それはほんの少し前までの私と一緒だった。ひとりの女として愛してくれなくても、家族として愛してくれたらいい。そう、自分に言い聞かせて満足しようとしていた。星司さんにもう、あんな思いをさせてはダメだ。

「私は星司さんが、す、す……」

〝好き〟ってたった二文字がなかなか出てこない。これってこんなに、言うのが難しい言葉だったんだ。

「季里さん？」

私がいつまで経ってももじもじしているものだから、心配そうに星司さんが顔をのぞき込む。

「あっ、えっと。……ん！」

じっと綺麗な瞳に見つめられていっぱいいっぱいになった私は、あろうことか自分から星司さんに唇を重ねていた。

「わ、私も星司さんが好き、だから」

顔が熱い。熱くて熱くて堪らない。恥ずかしくて視線を逸らしたものの。

「季里さん！」

また、星司さんが抱きついてくる。

「僕は夢でも見ているんでしょうか。季里さんを全部、手に入れられました」

レンズの向こうで彼の目が、みるみる泣き出しそうに潤んでいく。

「星司さん？」

「結婚式の夜、僕のせいで付き合っている女性を酷く傷つけてしまい、それから恋が怖いから結婚したくないのだと話したら、季里さんは一笑してくれました」

「なんて？」

星司さんは嬉しそうだが、記憶がないだけに、なんと言ったのか気にかかる。変なことを言っていなければいいけれど。

「『私だったら星司さんを知る努力をするし、わからなかったら聞くわ』と」

覚えはまったくないが自分自身、言いそうだなとは思った。

「季里さんはその言葉どおり、僕を知ってくれました。わからないときは不満を溜めず、わからないとはっきり言ってくれました。そんな季里さんに、どんどん惹かれていったんです」

　繋がれた手にきゅっと力が入る。それが酷く、幸せだった。

「前に、どうして避妊してくれなかったのかと聞きましたよね？」

「うん」

　あのときは、今は話せないって言われた。もしかして今がそのとき……？

「言われて、気づいたんです。僕は季里さんを好きになっていたから、妊娠してもかまわない、むしろ季里さんとの子供なら欲しいなんて考えていたんだ、って」

「言ってくれたらよかったのに」

　あのとき、その気持ちを受け入れられていたのかはわからない。けれど、納得はできていたはずだ。ううんと首を横に振り、再び星司さんは口を開いた。

「辰巳さんを好きな季里さんを、余計に悩ませたくなかったんです。それじゃなくても季里さん、体調が悪くて大変でしたので」

「星司さん……」

　星司さんはいつだって、私を一番に考えてくれている。そんな彼に、私が返せるものは。

「これからはいっぱい、星司さんを大事にするね」

甘えるようにこつんと、肩を軽くぶつける。

「嬉しいですが、季里さんがずっと僕と一緒にいてくれるだけで満足です」

星司さんの手が、そっと私の肩に置かれる。レンズ越しに、艶やかに濡れて光る瞳が見えた。

「……季里さんを愛しています」

「私も星司さんを愛してる」

目尻を下げてうっとりと、星司さんが私を見ている。あの日と同じ、とても大切なものを愛しむ目で。

「……いつもそんな顔をして笑ってたらいいのに」

「僕が笑っているんだとしたら、季里さんのおかげですね。それに、季里さん以外に見せる気もありません」

彼の顔が傾きながら近づいてきて目を閉じる。すぐに唇が重なった。煩わしい見合い攻撃から逃れるためにした結婚だったけれど星司さんと夫婦になれて本当によかった。だって、こんなに幸せなんだもの。

第九章　過去も未来もただひとり

「思いの外、高く買い取ってもらえたね」

「少し、複雑な気分ですが」

などと言いつつも、星司さんはいつもどおり真顔で運転している。でもそうだよね、フラれたとはいえ好きな女性のために用意した婚約指環を、売り払われちゃったんだもの。

「でもこれで、完全にあの人のことを吹っ切れました」

星司さんは晴れ晴れとした顔をしているように私には見えた。もう好きだという気持ちはないけれど彼女を傷つけてしまった後ろめたさは、ずっと星司さんにつきまとっていたんだろう。

「星司さんのせいで、私を傷つけるとか心配しなくていいからね。私はわからなかったらちゃんと星司さんに聞くわ。自分ひとりで抱え込んで、我慢なんてしない」

「ありがとうございます、季里さん」

星司さんが眼鏡を上げる。喜んでくれているみたいで、嬉しいな。

家に帰り、指環を売り払ったお金にいくらか足して封筒へ入れる。

「次回の健診のときでいいよね？」

「はい」

このお金は病院近くにある、支援ハウスに寄付する予定だ。

星司さんと想いを通じあわせたあと、彼はすぐにあの指環を処分すると言い出した。

『いくら自戒するためのものでも、季里さんを悲しませるようなものはいりません』

そう言ってくれたのは嬉しかった。私も他の女のためのものを星司さんの傍になんて置いてほしくない。けれど婚約指環、しかもこのダイヤの大きさとデザインからいってかなりの額がするものを、簡単にゴミとして処分するのも気が引ける。それでいろいろ話し合って、人の役に立てようと決めた。

「しかし、季里さんが売って寄付しようと言ったときには、驚きました」

「そう？」

そのときを思い出しているのか、星司さんはおかしそうだ。

この指環なら、売ればそれなりのお金になる。それに星司さんの気持ちを知る機会をくれた感謝を加え、どこかへ寄付するのがいいと思った。それで選んだのが、私も妊娠してお世話になっている病院の近くの支援ハウスだ。そこは近くの大病院に子供が入院しているが、遠方で通えない親御さんが格安で泊まれたりといったことを支援している。私たちは大病院が近くなのでいいけれど、遠方だったらこの先、もしかしたらお世話になっていたかもしれない。だから、ここを選んだ。星司さんも賛成してくれたし。

「でも、素敵な考えだと思います」

私を後ろから抱き締めるようにしてソファーに座り、星司さんがキスしてくる。いつも真顔の癖に、こういうところはあままだ。

「次の休み、デートに行きませんか」

「デート？」

星司さんの顔を見上げ、つい聞き返していた。すかさずそこに、彼がキスしてくる。

「はい。子供が生まれたら、夫婦の時間を取るのも難しくなります。それに辰巳さんも今は、落ち着いているみたいですし。……僕たち、まともにデートしたことないじゃないですか。だから」

「そ、そうね。いいかも」

星司さんが眼鏡を上げるから、私まで恥ずかしくなってくる。

「はい。じゃあ素敵なデートプラン、考えておきますね」

眼鏡の奥で目尻を下げ、うっとりと星司さんが私を見る。それだけでドキドキした。いつもこういう顔をしていたらいいと言ったものの、これはちょっと心臓が持たないかも……。

次の土曜は辰巳のお見舞いに行った。デートは明日の予定だ。

「たっつみー、来たわよー」

「これは季里お嬢様。いつもありがとうございます」

読んでいた本を閉じ、辰巳が顔を上げる。

「ほんとに辰巳は読書が好きね」

そのせいか、私が小さいときはよく本を読んでくれた。懐かしい思い出だ。

「私の唯一の趣味ですから」

辰巳の手が本を撫でる。

「本には本当に、いろいろ助けられました」

辰巳には家族がいない。入院してからも病室に出入りしているのは、父の事務所関係の人間しかいなかった。

「ねえ、辰巳。会いたい人とか、本当にいないの？　いるなら会わせてあげる」

辰巳にも好きな人がいてもおかしくない。それに私の世話と仕事で忙しく、その人と上手くいかなかったのだとしたら、申し訳なかった。

「もう、お世話になった方にはすべて、ご挨拶を済ませましたので」

辰巳は笑っているが、そういうのじゃないのだ。

「違うの。ほ、ほら。す……好きだった人、とか」

あんなに辰巳に、好き好きアピールしていた私がこんなことを聞くのは恥ずかしく、つい視線が泳いでしまう。

「お心遣い、ありがとうございます。でも私は生涯、そういう意味では誰も愛しておりませんので、ご心配はご無用です」

そう言って笑った辰巳の顔は、どこか淋しげに見えた。恋愛のできなかった自分を悲しんでいる？　それとも許されざる恋で、墓場まで持っていこうと決めたとか？

どっちにしろ、こうなった辰巳はもうなにを聞いても口を割らないのは知っている。

「そう、ならいいのよ。でも本当、会いたい人ややりたいこと、食べたいものでもなんでも言ってね？　私じゃ無理でも、お父さまなら大抵叶えられると思うし。というかお父さま、あんなに辰巳に世話になったのに、見舞いにも来ないってどういうつもりなのかしら？」

病人に聞かせるべきではないとは思うが、つい愚痴ってしまう。父は人に辰巳の世話を焼かせるばかりで、一度も彼の病室を訪れていなかった。

「怖いんですよ、先生は」

「怖い？　なにが？」

「さあ？」

悪戯っぽく笑って辰巳がとぼけてみせ、結局その意味はわからなかった。

翌日は星司さんとデートに出掛けた。最初は、私お気に入りのオーガニックカフェで、ブランチ。

「今日はどこに連れていってくれるの？」

「秘密です。言ったら、楽しみがなくなるでしょう？」

ガレットを食べる星司さんの顔が、ちょっぴり悪戯っぽく見えるのは気のせいだろうか。私の願望なのか、――それとも。最近の星司さんは前よりも、感情が顔に出やすくなったとか？

食後は、私の好きな画家の特別展をやっている、美術館に連れてきてくれた。

「よく私がこの画家が好きだって知ってたね？」

「季里さんの部屋にこの画家の画集があるの、知ってますから」

しれっと星司さんは言っているが、いつそんなの見たんだろう？　確かにあるのだけれど。

ふたりで絵を見てまわる。やっぱり実物は画集よりもずっと素敵だった。……ううん、それ以上に。

隣に並んで絵を見ている星司さんをちらり。

「もしかして疲れましたか？」

視線に気づいたのか、私を見た星司さんは少し心配そうだ。

「ううん、大丈夫」

証明するように笑って答える。こんなにも絵が、というよりも世界が輝いて見えるのは、星司さんが一緒だからだ。

「はぁっ。よかったー。特にあの、四季シリーズ」

美術館のカフェでお茶しながら、嘆息が漏れる。通常は別々の美術館でしか見られない四季シリーズの絵画が一度に見られると、今回の展覧会では目玉になっていた。

「ご満足いただけたならよかったです」

「もう満足なんてレベルじゃなく満足ー」

こんないいものを見せてもらって私も満たされたし、この子も喜んでいるかも。

「連れてきてくれてありがとう、星司さん」

「季里さんが喜んでくれたなら、僕も嬉しいです」

珍しく彼が、気持ちを口にする。これって、いい傾向なんじゃないかな。

美術館で芸術を堪能したあとは、結婚式を挙げたホテルへと星司さんは私を連れてきた。

「星司さん？」

「少し、待っていてください」

チャペルでひとり待たされ、戸惑った。仕方ないので一番前の席に座り、しみじみと周りを見渡す。あの日は本当に最低な気持ちだった。好きだと思い込んでいた辰巳には結婚を祝われるし、花婿はにこりともしないし。いくらこれから先の見合い攻撃が嫌だからって、なんでこんな人と結婚決めたんだろうって、不満たらたらだった。しかも誓いのキスがファーストキスだったのに、雰囲気もなにもなかったし。

「すみません、おまたせしました」

少しして戻ってきた星司さんは、大きな薔薇の花束を抱えていた。

「季里さん」

「はい?」

わけのわからないまま手を取られ、祭壇の前に立つ。私の前に跪き、星司さんは花束と指環を差し出してきた。

「僕と結婚してくれてありがとうございます」

レンズの向こうから、星司さんが真っ直ぐに私を見ている。それを見て、胸がいっぱいになった。

「私こそ、結婚してくれてありがとう」

浮かぶ涙を堪えながらそれを受け取る。

「でも、この指環は?」

緩やかなカーブにいくつものダイヤが埋め込まれたそれは、いつかの個展で気に入っていた指環だった。これが、ただのプレゼントじゃないのはわかる。形だけなら婚約指環も結婚指環ももらった。なら、これは?

「マリッジリングが結婚指環ならば、バウリング……誓いの指環とでもいうんでしょうか」

ケースから指環を出し、星司さんが私の結婚指環の上にそれを嵌める。それは誂えたかのようにぴったりと重なった。

「季里さんを一生、幸せにすると改めて神に誓う指環です」

「星司さん……」

私の腕から花束を取り、星司さんが椅子の上に置く。改めて向き直り、彼は私の両手を取った。

「季里さん。僕はこの命にかけて、季里さんを絶対に幸せにすると誓います」

星司さんの目は、強い決意で溢れている。その目を真っ直ぐに見たまま、私も口を開いた。

「私も星司さんを幸せにすると、誓う」

「季里さん。……愛しています」

星司さんの顔が傾きながら近づいてきて、自然と瞼を閉じた。唇が重なり、幸せすぎて耐えられなくなった涙が頬を転がり落ちる。ゆっくりと顔が離れていくあいだ、見つめあった。

「この指環、いつも着けていてくださいね」

指先で私の涙を拭ったあと、星司さんは私の左手薬指に嵌まる指環へ口付けを落とした。

「季里さんは僕のもの、って印でもあるんですから」

僅かに星司さんの右の口端が持ち上がる。それを見て、爆発しかのように一気に顔が熱くなった。星司さんってこんな顔もできるんだ。反則。

「せ、星司さんって意外と、独占欲が強い？」

星司さんが花束を抱え、一緒にチャペルを出る。そういえば、今も私の耳朶で光っているダイヤのピアスをもらったときも、いつも着けていてほしいと言っていた。あれも、そういう意味だったのかな。

「そうですね、前に付き合った女性にそんな感情を抱いたことはないですが、季里さんだけは誰にも渡したくないですね。本当は家に閉じ込めて僕だけのものにしてしまいたいですが、それはできないので指環を」

しれっと星司さんが物騒なことを言った気がするが、スルーしておこう。それにそこまで愛されて嬉しくないかといえば、嬉しかったりするし。

夕食は同じホテルの、鉄板焼きのお店を予約してくれていた。

「おいしー。でも、いいの？」

「いいんですよ、今日は特別なんですから」

個室で伊勢エビに黒毛和牛のコースは贅沢だが、私だってこんなの特別な日しか食べない。でも今日は改めて星司さんと愛を誓った特別な日だし、いいのか。……特別な日、といえば。

「あの、さ。今日を私たちの記念日にしない？　んー、星司さんの言葉を借りるなら、バウ記念日？」

あんな味気なかった挙式日を記念日として祝うよりも、それよりももっと感動した今日を祝いたい。

「それはいい考えです。季里さんはほんと、素敵なことを考えますね」

「え、いや、まあ」

眼鏡の向こうで目を細め、褒められると照れくさい。それに、星司さんが賛成してくれて嬉しかった。

デザートはラウンジに移動する。

「うわーっ！」

つい、出てきたプレートを見て、歓声を上げていた。ケーキだけではなく、美しくフルーツや花まで飾ってある。

「今日は特別ですから」

また特別と言い、星司さんが眼鏡を上げる。これってもしかして……。

「星司さんもテンション上がってる？」

「もちろんです」

頷いた彼の顔は、珍しく赤くなっていた。


日々は何事もなく進んでいく。赤ちゃんの経過も順調だ。辰巳はよくなりもしなかったが、穏やかに死へと向かっていった。この分なら彼の最後の気がかりである、私の子供の顔を見せられそうだ。

「ねえ！　もう連絡、来てるんだよね!?」

出社と同時に先に来ている珪子へ詰め寄る。

「聞きたい？」

手もとの資料に目を落としながら、意地悪く彼女が口角をつり上げる。今日はフェア初週売り上げの報告が、フェレフェレさんから入る予定になっていた。

「ちょっと待って」

すーはーと深呼吸して気持ちを落ち着ける。融資のおかげで先方の希望数も揃えられた。売り場も目を引くものにできたと思う。先行販売のフェレフェレさんで話題になれば、通販や他の店でも売り上げは上がるはず。しかし反対に、転ければ大量の在庫を抱えなければならない。

「うん、お願い」

「じゃあ、言うわね」

珪子から聞いた数字は私が想定したよりも五倍くらい多かった。

「え、嘘」

「本当。追加発注も来てる」

「やったー！」

珪子の手を取り、子供のように飛び跳ねて喜んだ。それほどまでの快挙なのだ、これは。

「この売り上げでもっといろいろできるね！」

開発途中の、妊婦さん向け化粧品にもっと力が入れられる。親子で使えるメイク用品とかも作ってみたい。夢が広がるなー。

「まあ、その前にあんたは、産休と育休に入るんだけど」

「うっ」

珪子の指摘で胸を押さえていた。本当は今、妊娠などしている場合ではなかったのだ。わかったときは後悔もした。けれど小さな命を堕ろすなんて決断は迷ったし、星司さんが全力でサポートすると言ってくれたので産む決心はできた。それでも、愛の結晶で愛おしいなんて感情が持てなかったのも事実だ。でもこの子が、星司さんの愛なのだと知ってからは、堪らなく愛おしい。

「ご、ご迷惑をおかけします……」

「まあ別に？　季里が幸せならいいんだけど」

諦め気味に珪子がため息を落とす。秘書である彼女にはなにかと迷惑をかけっぱなしで申し訳ない。

「私も珪子の恋を応援するし、妊娠したらサポートするからなんでも言ってね？」

個人的に彼女に返せるものなんて、それくらいしか思いつかなかった。

「そーねー。とりあえず私も、不毛な恋を追いかけるのをやめるかな」

笑った珪子はどこか淋しそうだった。一夜限りの恋ばかりしている彼女に、本命がいるのは知っている。でも私はそれを聞けなかったし、聞かないのが約束となっていた。そんな彼女を幸せにしてくれる人が、私みたいに現れたらいい。本気でそう、願っている。

臨月になり、出産は無痛分娩を選んだ。だって。

「わざわざ痛く苦しい方法を選ぶなんて、季里さんはもしかしてドMなんですか？」

なんて星司さんから呆れられたら反論しにくくなる。それでも渋っていたら。

「苦しい思いをして産まないと母親になれない、なんていうのは迷信ですよ。それだったら出産も妊娠もできない僕は、永遠に父親になんかなれません。だから、安心してください」

と、笑っていいのか微妙な説得をしてくれた。けれどそう言って世間一般に言われていることを一蹴してくれて、気持ちが楽になったもの事実だ。

陣痛が始まったのは平日の昼間だったので、申し訳ないと思いつつ星司さんに連絡したらすぐに飛んで帰ってきてくれた。

「妻の出産より、大事な用なんてないですよ」

そう言って手を握ってくれる彼が、頼もしい。

無痛分娩のおかげか、辰巳がくれたお守りのおかげか、出産はすんなりといき。

「おんぎゃー、おんぎゃー！」

元気な泣き声が分娩室に響き渡る。

「元気な女の子ですよー」

初めて対面した我が子は、小さくて頼りなくて、……とても愛おしかった。

「季里さん、ありがとう。本当にありがとう」

星司さんの目にも、涙が光っていた。

入院中も毎日、星司さんは様子を見にきた。

「ほんとに可愛いでちゅねー」

あの星司さんが赤ちゃん言葉で、しかもデレデレ顔で赤ちゃんの相手をしているのが信じられない。

「どうかしましたか？」

視線に気づいたのか、星司さんがこちらを向く。しかしまだ名残なのか、顔が微妙に崩れていた。

「えっと。……なんでも、ない」

「そうですか。……咲桜《さくら》は本当に可愛いでちゅねー。食べちゃいたいくらいでちゅ」

一瞬真顔に戻ったが、娘と向きあった途端にまたデレッと崩れる。……あれ、無自覚なんだよね。どうしよう、おかしすぎる。

「……ぷっ」

「季里さん？」

とうとう耐えかねて私が噴き出し、星司さんは怪訝そうだ。

「あはっ、あははははっ、ははっ」

「なにをそんなに、笑っているんですか？」

私が大笑いするものだから星司さんは不機嫌そうだが、これはバレたら絶対、そうしないように気をつけちゃうよね？　それは避けなければ。

「ううん、なんでもないよ、なんでも」

笑いすぎて出た涙を拭い、平静を装う。まさか星司さんが、ここまで娘にデレデレになるとは思わなかった。この先がいろいろな意味で楽しみだ。


退院してすぐに、辰巳に娘の顔を見せに行った。

「辰巳、ほら。娘の咲桜よ」

声をかけるとゆっくりと瞼が開く。この頃の彼は痛み止めが効いているのもあって、ほとんどの時間眠っていた。

「……ああ。季里お嬢様にそっくりです」

娘の顔を見て、本当に嬉しそうに辰巳が笑う。

「辰巳に抱っこ、してほしかったんだけどな」

「残念ですが、それは無理そうです」

「なに言ってんの」

出そうになる涙に耐え、辰巳の胸に咲桜をのせる。そのまま支えて、彼の手で娘を抱かせた。

「ほら、できたじゃない」

「ありがとうございます、季里お嬢様。これで思い残すことはなにもありません」

その言葉どおり、一週間後に辰巳はあの世に旅立った。


辰巳の通夜が終わったあと、ひとり残った父が辰巳の棺桶の前で号泣しているのを見てしまった。

『先生は怖いんですよ』

あの日の、辰巳の言葉の意味を知った。父は辰巳が死んでいくのが怖くて、彼の病室を訪れられなかったのだ。私たち家族にでもなにかと支配的な父が、辰巳の死であんなに泣くなんて知らなかった。初めて、父の知らない一面を見た気がした。

通夜にも葬式にも、星司さんは参列してくれた。子供はそのあいだ、シッターさんを雇った。

「大丈夫ですか」

「うん、平気」

辰巳が死んだのだというのに、私は意外と落ち着いていた。きっと、星司さんが隣にいてくれるからだ。

祭壇で、写真の中の辰巳は静かに笑っている。本当に辰巳には、好きな人がいなかったんだろうか。辰巳は父に遠慮していたし、恋愛も仕事の妨げになると控えたのかもしれない。気にかかる人くらい……ううん。辰巳は私に、なにも話さないと決めていた。ならば私も、知らなくていい。

「これで辰巳さんは一生、季里さんの心に居座り続けるんですね」

「え？」

帰りの車の中、星司さんがなにを言いたいのかわからない。

「だって彼は季里さんの気持ちを知っておきながら、受け入れもしなければきっぱりフリもしなかった」

「それは……」

言われてみればそうなのだが、私をきっぱり拒絶しなかったのは辰巳の優しさだと私は思っている。それに、実の娘のように思っていると言ってくれたので、納得もしていた。

「季里さんとの関係にきっちり決着をつけないまま、彼は逝ってしまった。こんなの、季里さんに自分を覚えておいてくれと言っているのと同じじゃないですか」

もしかして星司さんは、もういない辰巳にヤキモチを妬いているのだろうか。きっと彼はまだ、私が辰巳を好きだったと思っているのだ。だから私の想いにはっきりと応えないまま死に、忘れられない存在になっているであろう辰巳に怒っている。

「ねえ、星司さん」

「なんですか？」

「私は星司さんが好きよ」

「はい。僕も季里さんを愛しています」

こうやってすぐに自分の気持ちを返してくれるところ、本当に好きだな。でも今言いたいのは、そういうことじゃないのだ。

「星司さんが好き。私が初めて好きになったのは星司さんで、きっともう星司さん以外誰も愛せない」

「季里さんは辰巳さんが好きだったんじゃ……」

彼の問いにううんと首を振る。

「辰巳に追いかけていたのは恋人なんかじゃなく、理想の父親像だった。星司さんを好きになって、やっとわかったの。　私が好きなのは、過去も未来も星司さんただひと りよ」

これ以上ないほど清々しい気持ちで星司さんの顔を見る。しかし、はぁっと短くため息をつかれ、なにかおかしなことでも言ったのかと怯えた。

「……季里さん」

「……はい」

「僕は運転中なんです。こんなに可愛い季里さんに、キスしたくてもキスできない僕の気持ちがわかりますか？」

え、怒るところ、そこ？

「身体だけではなく、心も季里さんのただひとりの男になれて、嬉しいです」

信号が赤になり、車が止まる。星司さんの手が私を彼のほうへ向かせた。なにをするのかと思ったら、唇が重なっていた。

「今はこれで我慢しますけど、二人目も考えてくださいね？」

「……はい」

二人目、か。それも悪くないなー。ほてる顔でドアに肘をつき、外を見る。私が愛するのは生涯、星司さんただひとりだ。

最終章　ベッド問題、再び

夜中に目覚めると、気持ちよさそうに季里さんが隣で寝息を立てていた。

「ほんとに可愛いですね……」

季里さんの寝顔は本当に可愛くて何時間でも飽きずに見ていられる。

ベッド問題は気持ちを通じあわせたあと、再び勃発した。

「いや、ほら。今はベッドを連結できるベルトとかあるし、ベッドの隙間を埋めるパッドだってあるし」

通販サイトを見せては、季里さんが別ベッドを主張してくる。

「これだったらベッドを買い替えないでも、部屋のベッドをこっちに移動させるだけでいいんじゃない？」

「それを言うなら、一緒に寝ればこのベッドが無駄になりませんが？」

「うっ」

もっともな正論に、季里さんは言葉を詰まらせた。

「だいたいどうして、そこまで別ベッドに拘るんですか？」

なにか理由があるなら僕だって折れる。ないのなら、なにも無駄にならないこのキングサイズのベッドでふたり一緒に寝ればいい。

「星司さんこそどうして、そこまで一緒のベッドに拘るのよ?」

「季里さんを抱き締めて寝たいからに決まってます」

彼女の疑問に即答した。それ以外に理由なんてない。

「えっと……。お腹に蹴り、入れられてもいい?」

おずおずと上目でうかがいながら、彼女がなにを言っているのか理解できない。おかげで何度か、瞬きをしてしまった。

「顔にパンチも、飛んでくるかもだけど」

さらに恥ずかしそうに、彼女が言ってくる。これってもしかして。

「寝相が悪い、という話ですか?」

「そ、そうよ! あまりの寝相の悪さに辰巳から、将来の旦那様は苦労しますね、なんて言われてたんだから……!」

とうとうキレた季里さんも可愛い。いや、今はそういう話じゃない。

「大丈夫ですよ。だってあの夜、季里さんは僕に抱き締められて大人しく寝ていましたから」

「あの夜……」

思い出しているのか、みるみる季里さんが赤くなっていく。いつまで経ってもこういうウブなところも、本当に可愛らしい。もっとも、経験はあの一回しかないので、仕方ないかもしれないが。

「それに季里さんからなら、蹴られようと殴られようと平気です」

「……星司さんって変態なの？」

あ、これは引かれた。ちょっと失敗したな。

「とにかく。僕を蹴るとか心配しなくていいので、一緒に寝ましょうか？」

「うっ」

顔をのぞき込んだから、季里さんがまたしても言葉を詰まらせた。

「……その顔、反則」

「反則、ですか？」

わけがわからないまま、それでも顔を近づけたついでに唇を重ねる。

「……そうやってすぐキスしてくるのも、反則」

「だって季里さんは可愛いので、いつでもキスしたくなります」

不満げに彼女が唇を尖らせたが、しれっと事実を告げてついでにまたキスをした。

それから一緒のベッドで寝ているが、季里さんに蹴られるなど一度もない。いつも大人しく寝ている。きっと寝相が悪かったのは子供の頃の話だろう。

「ん……」

ベッド問題に思いをはせていたら、季里さんが寝返りを打って僕とは反対方向を向いた。顔が見えなくなったのは残念だが、この方向だと抱き締めやすくなる。起こさないようにそっと腕を伸ばし、後ろから彼女を抱き締めた。

それにしても、あの指環で季里さんの気持ちが知られたのは、怪我の功名だった。しかも、本当は僕が好きなのに僕の幸せを考えて別れを切り出してくるなんて、季里さんは優しすぎる。優しすぎてもっと、愛おしくなった。しかもあれを処分するのに、換金して寄付しようだなんて僕には思いつかない。季里さんって本当に面白いし、素敵なことを考えつく。こんなに素敵な人が僕の妻だなんて、本当にいいんだろうかとたまに思う。

指環を処分したあと、机の上には季里さんの写真を飾ってある。

『昔の彼女を戒めにするより、私の顔を見て幸せにするって誓ったほうが建設的じゃない？』

などと照れながら、バウリングのお礼だと季里さんが写真立てに入れて渡してくれた。彼女の言葉はもっともだ。なのでそれを飾り、いつも彼女を幸せにするのだと誓っている。きっとこれは近いうちに、子供と季里さんの写真に代わるのだろう。

――季里さんの身も心も手に入れたい。

そう願ったものの、自信はなかった。季里さんが少しでも傷ついた顔をするたび、自分はまたなにか間違いを犯してしまったんだろうかと自問自答した。しかし結局、自分の気持ちを素直に口にするのが一番だと気づかせてくれたのも季里さんだった。

「……せいじ、さーん。すき……」

どんな夢を見ているんだか、季里さんが小さく呟く。夢の中でも一緒だなんて、こんなに幸せでいいんだろうか。

「僕も季里さんを愛していますよ」

耳もとに口付けを落とし、目を閉じる。こんなに僕に幸せを与えてくれる季里さんを、そしてもうすぐ生まれてくる子供を、僕は一生守ろう。そして、幸せにする。

【終】

あとがき

こんにちは。あとがきってなに書いたらいいの？　と悶えている霧内《きりうち》です。

ここまで読んでいただき、ありがとうございます。楽しんでいただけましたでしょうか。この本は私にとって初めてマーマレード文庫様から出た本となります。というか、単独での商業紙本は初めてで、初めてあとがきなるものを書き、なにを書いていいかわからずに悶えているわけです。

私は書かないその後を想像するのが好きなんですが、このあと季里さんと星司さんの子供の咲桜ちゃんはきっと、星司さんと似て無表情な子に育っていくんだろうなーと思っています。それで星司さんは嘆くものの、大丈夫って笑っている季里さんにまた救われるんでしょうね。二人目は顔は星司さんにそっくりだけど性格は季里さんによく似た男の子で、「星司さんがにこにこ笑うとこんな感じなんだ。新鮮！」と季里さんが喜び、星司さんが複雑な気持ちになるところまで見えてます。

お声がけいただいた担当様、ありがとうございました。三月だったのもあって、ちょっと早いエイプリルフール……？　などと疑ってすみません！　素敵な星司さんと季里さんを描いていただき、東由宇《ひがしゆう》先生には感謝です。また、出版に携わってくださった方々にこの場をお借りしてお礼申し上げます。

また、つわり等、妊婦生活について快く取材を受けてくれた友人！　ありがとう！

そして最後に。この本を読んでくださったすべての方に感謝いたします。

マーマレード文庫

離婚必至の仮面夫婦ですが、官能初夜で宿した赤ちゃんごと愛されています

2023年2月15日　第1刷発行　定価はカバーに表示してあります

著者　霧内 杏　©HARUKA KIRIUCHI 2023
編集　株式会社エースクリエイター
発行人　鈴木幸辰
発行所　株式会社ハーパーコリンズ・ジャパン
東京都千代田区大手町1-5-1
電話　03-6269-2883（営業）
0570-008091（読者サービス係）
印刷・製本　中央精版印刷株式会社

ISBN-978-4-596-76845-2

m a r m a l a d e b u n k o